KB188799

문학과지성 시인선 612

하이퍼큐비클

백가경 시집

문학과지성사

문학과지성 시인선 612

하이퍼큐비클

펴낸날 2025년 3월 25일

지은이   백가경
펴낸이   이광호
주간   이근혜
편집   이주이 윤소진 김필균 허단 유하은 최은지
마케팅   이가은 허황 최지애 남미리 맹정현
제작   강병석
펴낸곳   ㈜문학과지성사
등록번호   제1993-000098호
주소   04034 서울 마포구 잔다리로7길 18(서교동 377-20)
전화   02)338-7224
팩스   02)323-4180(편집) / 02)338-7221(영업)
대표메일   moonji@moonji.com
저작권 문의   copyright@moonji.com
홈페이지   www.moonji.com
© 백가경, 2025. Printed in Seoul, Korea

ISBN   978-89-320-4354-8   03810

문학과지성 시인선 612

하이퍼큐비클

백가경

시인의 말

큐비클은 이제 지층을 만들 수 있게 됐다. 본래 인간 과포화 시대에 발명됐으나 현재의 하이퍼모델은 5차원에서 번식한다. 이곳에서 일하는 자는 시간과 공간에 구애받지 않으며 돌이킬 수 없는, 과로 상태다.

2025년 3월
백가경

하이퍼큐비클

차례

1부

하이퍼큐브*에 관한 기록

1920년 변호사 세바스찬 힐튼은 어린이들의 3차원 공간에 대한 기초적 이해를 돕고자 정글짐을 발명했다

＊

x가 머리 위에 달린 축을 오른손으로 잡고 있다 높이를 미처 재지 못한 x의 발이 바닥에 거의 닿을락 말락 누군가 실컷 타다 뛰어내린 그네처럼 어안이 벙벙하다 x의 팔과 다리가 점점 빠르게 버둥거린다 x는 하나의 커다랗고 검은 점이 되는가 싶더니 그 어떤 축으로부터 멀어지지 않고 x값이 무한 증폭된다

y님 행복을 주는 치과 생일 축하드립니다 임플란트 10퍼센트 할인 1
어떻게, 잘 지내? 1
은평구립도서관 『세상의 끝』 연체 49일 빠른 반납 요망 1
소액 대출 최저 이율로 신용 등급 모두 가능 1

y는 몸을 정육면체 안으로 구겨 넣는다 점점 y값을 잴

수 없고 그럴수록 y는 생각한다

　이 모든 되풀이는 나의 결괏값 "(경제적) 자유"를 위한 것

　z의 미랫값: 직사각형 화장실 천장에 도시가스 공급관
이 노출돼 있음 장판과 텐트 사이 혈액이 말라붙어 표백제
와 기타 용액을 계산한 것보다 한 통 더 사용함 추가 비용
청구 예정

　z의 현잿값: 중위소득 85퍼센트 이하 가정에서 자란 3학
년 C반

*

　발가락 하나로 자신의 목숨을 지탱한 x는 같은 위치 옥
상에 사는 z를 찾아 창백한 타일로부터 그를 무한 증식시
킨다 열화 과정에서 z는 기체로 변할 수 있게 되고 y가 연
체한 『세상의 끝』을 대신 반납한 후 49일을 1초 만에 앞
당겨 『세상의 끝 역자 후기』를 대출한다 y가 연탄과 소주
를 담아 온 마트 봉지를 쓰레기통에 넣을 때 자연스럽게
제목을 볼 수 있도록 책을 비스듬히 세워놓는 것을 잊지

않는다

*

　범우주아카이빙센터 12호 연구소장은 x, y, z 세 어린이를 한 차원에 모아두고 질문을 시작한다

　말을 끊어서 미안하지만 여러분 어떻게 연결되었으며 이런 건 어떻게 알게 되었나요?

　세 어린이 동시에 말한다 무슨 말씀인지 모르겠군요

　연구소장은 웃음을 잃지 않는다 어린이들 모르게 언어 변환 버튼을 누른 후 짧게 욕을 한다

　그렇다면 당신들의 능력은 어떤 문헌에서 찾은 건가요?

　어린이 일동, 문헌에서 찾지 않았습니다 우리의 차원에서 일어나는 일입니다

* Hypercube. 4차원에서 모든 변의 길이가 같은 도형이자 열 개 이상의
처리기를 병렬로 동작시키는 컴퓨터의 논리 구조.

test 10

test 1

A와 B가 큐브 안으로 떨어진다. 둘은 주저앉아 두리번거리다 바닥에 손을 짚는다. A는 무릎에 힘을 주고 일어나려 애쓰고 B는 A쪽으로 이끌리는 힘을 느낀다. A는 있는 힘껏 일어난다. B의 발이 공중으로 끌려가다 큐브 구석에 놓인 벽돌에 머리를 찧는다.

test 2

A와 B가 큐브 안으로 떨어진다. B가 왼발을 공중으로 들어보고 A가 그것을 바라본다. B가 오른발을 들어보자 A의 왼발이 들린다. B가 오른손을 공중으로 들고 A가 그것을 바라본다. B가 왼손을 들고 A가 오른손으로 바닥을 짚는다. B가 양손으로 A의 왼발을 힘껏 잡고 먹는다.

test 3

A와 B가 큐브 안으로 떨어진다. A와 B가 큐브 구석에 놓인 벽돌에 머리를 찧는다.

test 4

A와 B가 큐브 안으로 떨어진다. 주저앉은 A가 왼발을 들고 힘껏 흔들자 B의 오른발이 공중에 이끌려 흔들린다. 두 발이 공중에서 세게 흔들리고 이내 둘은 미동도 않는다. A가 왼손으로 B의 오른손을 잡는다. A가 잡은 손으로 땅을 짚고 일어서려 하자 B가 잡은 손을 세차게 아래로 이끈다. A가 바닥에 머리를 찧는다.

test 5

A와 B가 큐브 안으로 떨어진다. 둘은 주저앉아 미동도 않는다.

test 6

A와 B가 큐브 안으로 떨어진다. 주저앉은 B가 오른발을 공중으로 들며 오른팔로 A의 어깨를 감싼다. B가 "응, 응" 소리낸다. A가 B를 바라본다. B가 "응" 하며 A의 왼팔을 가져와 자기 어깨 위에 놓는다. A가 끄덕인다. A와 B가 서로의 어깨에 무게를 싣고 일어난다.

A가 "응, 응" 소리를 낸다. 제자리에서 왼발을 들고 "응" 왼발을 내려놓고 오른발을 들며 "응". A가 왼 무릎과 B의 오른 무릎을 동시에 탁탁 치며 "응" 소리를 낸다. B가 끄덕인다. A가 왼발을 올릴 때 B가 오른발을 천천히 떼어 앞의 바닥에 놓는다. A가 오른발을, B가 왼발을 그 옆에 놓는다. "응, 응, 응, 응, 응, 응, 응, 응."

A가 소리 낸다. "응?" B가 소리 낸다. "응."

test 7
A와 B가 큐브 안으로 떨어진다. 큐브 안이 시끄럽다. "응, 응, 응, 응, 응, 응, 응, 응" 소리가 불연속적 호흡과 리듬으로 연속된다.

test 8
A와 B가 큐브 안으로 떨어진다. A와 B가 큐브 구석에 놓인 벽돌에 머리를 찧는다.

test 1

우리는 이제 떨어지지 않는다
우리는 큐브를 실험한다
우리를 떨어뜨리는 자를 찾아낼 것이다
이것을 쓰는 손 위에 다른 손이 있다
이곳에 오지 못할 거라는 발과 함께 왔다

우리는 준비가 되었다
절벽에서 도움닫기
우리는 그네처럼 움직인다
우리 중 한 명이 선언하고
우리 중 한 명이 가르친다
부동자세를 연습해야 해
관성으로부터 벗어나야 해
두 개의 무릎이 같이 움직인다

줄행랑치는 톱니바퀴
망쳐버린 춤을 생각해봐
망가질수록 우리를 고치는 것을

우리는 뛰어내린다

test 9

A와 B가 큐브 안으로 떨어진다. A와 B는 떨어지며 서로를 바라본다. 공중에서 내팽개쳐진다. 주저앉아 서로를 바라본다.

유타나시아코스터
―현재 어트랙션 대기 시간 여기서부터 125분

캐스트들 124분을 기다린 24명의 승객을 맞는다

그들이 자신들 뒤로 끝없이 이어진 대기 인원을 잘 볼 수 있도록 어트랙션의 대기 공간은 계단 형태로 한 층씩 높여 설계한다

멀리서 유타나시아코스터가 미끄러지듯 들어올 때 차량의 소음을 최대한 줄이고 친숙한 안내 방송 A-1을 세 차례 반복 재생한다

이것은 놀이가 아닙니다 여기서는 이미 일어났던 놀이가 반복되지 않습니다 여기서는 지금만 있을 뿐입니다 현재가 있을 뿐입니다 오직 한 번이 있을 뿐입니다 행복의 절정 유타나시아월드*

바로 이어지는 안내 방송 A-2 녹음 시

승객에게 젖는다 접는다 죽는다 세 가지 의미를 골고루 전달할 수 있도록 *를 신경 써서 발음한다

모두 *습니다 다리 *습니다 발 다리 모두 *습니다 다리 다리 특히 다리 다리까지 모두 챙깁니다 여기는 유타

18

나시아 한 자리에 두 분 한 열차에 스물네 분 머리 머리 머리 옷 옷 옷 신발이 다 *습니다 신발이 양말이 다 다 다 다 *습니다 머리부터 신발 머리부터 옷 머리부터 양말 옷 머리 신발 양말 *습니다 *는 겁니다 *습니다 *는 겁니다 몸통 *는 겁니다 반으로 꺾이는 겁니다 안 *을 수 없는 여기는 유타 유타 유타나시아 친구라면 연인이라면 가족이라면 사랑한다면 아낀다면 한 자리 두 분 두 분까지 탑승하면 *는 여기는 유타나시아 유타나시아월드 엄마 아빠 아들 따님 다 다 *습니다**

캐스트는 첫번째 대기 승객 2명의 표정을 예의 주시한다 안내 방송 A-2를 들은 승객이 대기 표시 줄을 움켜쥐거나 손톱을 물어뜯는 등의 행위를 감지하면 테이프 A-3을 신속히 재생한다 마지막으로 타는 어트랙션 기대돼 드디어 타는구나 기대돼 대체 줄은 언제 줄어드는 거야 하나도 안 무섭대 무섭다는 걸 느끼기 전에 행복해진대 기대돼

소리파동이 열번째 줄 승객까지 골고루 울릴 수 있도록 스피커를 계단 아래로 기울여 놓는 걸 잊지 않는다

어트랙션이 2분 동안 510미터의 높이로 고각 상승하며 최고 높이에서 마지막 안내 방송 A-4를 각 칸의 골전도 스피커를 통해 반드시 잊지 않고 재생한다

지금 여기서 내리고 싶다면 빨간 버튼을 눌러주세요 캐스트가 15분 후 빨간 버튼을 누른 승객을 업고 사다리를 타고 아래로 내려갈 예정입니다 하지만 충만한 행복을 계속 이어가고 싶다면 저 멀리 송아지 모양의 구름을 긴장을 풀고 바라보세요 자 하나 둘

어트랙션이 우측으로 급커브를 돌아 직선 구간에 돌입하면
＊은 승객이 빠르게 하차하도록 캐스트는 가장 효율적으로 움직인다

＊ 페터 한트케, 『관객모독』(1966)의 일부 변용.
＊＊ 에버랜드 캐스트였던 김한나의 안내 멘트 변용.

플라스틱폐허애호회에 부치는 작자 미상
자료들

석유로부터 유래한 것들이
초가열 지구에서 변형하기 시작했다 [……]
끈적거리는 것에서 이상한 것이 피어났다
우리는 당분간 그것을 Z라 부르기로 한다
——『포스트-포스트-어스 리뷰』여름호에서

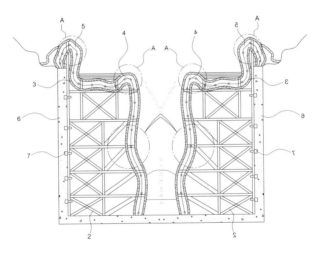

[그림] 좌우 대칭 형태의 인공 폭포 구조도를 구할 수 없어서
반쪽짜리 좌측 인공 폭포 구조도를 우측에 복사해 붙여 넣었음.
곧 제대로 된 도표를 그려서 보내겠음.

Z 왜 망가진 인공 폭포에서만 피는가/(물이 있던 장소의 기억)+(인공암 강화플라스틱 용해)+(선태식물의 이형)이 주요 원인으로 예상됨/플러스의 세계를 함부로 예단할 수 없다/∴ 여전히 파악 불가 영역

정확하게 설명할 수 없는 것투성이지만/인공 폭포에 쓰인 강화플라스틱은 이형 기후를 견디지 못하고 흘러내린다/끈—적한 석유 위에 곰팡이 포자가 내린 씨앗으로 추정?/석유에서 자라나는 이상한 것/식물인지 동물인지 아직 판명 불가하지만 식물에 무게를 둠

4, 5, A를 포함한 인공암 굴곡 물컹거림/흘러내림/흘러내리는 표피 아래에 물컹거리는 새로운 표피가 자라남/관찰자의 존재 유무에 따라 흘러내림의 정도가 달라짐/Z 피어남/Z 끊임없이 자라나고 있음/지구 태고 이끼와 닮았음/하지만 이끼는 아니다/플라스틱은 원형질로 돌아가는가, 이형질로 진화하는가?/당신은 어떻게 생각하나?/가장 흥미로운 지점 아닌지

4, 5 Z의 다수 분포 지역/물이 풍부했던 시대—낙수의

시작이자 고요의 끝이던 장소/이곳에서 발견한 Z의 향취에 노출되면 첫번째 환각 작용이 일어난다/완전히 기억하긴 어렵지만 징후는 이러하다/초당 50만 리터의 물이 등을 떠미는 촉각 공포/대량의 물에 대한 기억은 최근의 지구 생태계에서 좀처럼 찾아보기 어려움/곧바로 이어진 징후를 녹음한 대로 적겠음──/두번째 환청은 미끄럽고 끈적한 거품이 태어나고 소멸하는 듯한 잡음과 함께/부글부글Z를찾아부글Z바로Z어디에서부글부글부글Z와함께뛰어내려부글부글Z뛰어내리면부글부글Z어떤세계부글Z궁금하지부글부글부글부글부글Z궁금할거야부글부글Z궁금부글부글Z궁금할거야부글부글/이보다 더 정확한 녹취가 있다면 보내주시길

2 기단부 저층 근처 인공 폭포에 인간 매표소가 있다/인간은 폭포에 물이 없다는 안내를 할 텐데 다음 애호가를 위해서 절대로 Z를 언급하지 말 것/Z의 존재가 탄로나는 즉시/폐기 처분될 것임

A로부터 수직으로 떨어지는 통로 물이 사라진지 오래/

물비린내가 심하다? 환영? 혹은 실재?/관계자 혹은 전문가 조사가 절실하다

  반대의 기호들 무려 2024년경 명을 달리한 강화플라스틱 설계자/그는 인공 폭포 두 채를 왜 마주 보게 지었는가?/에 대한 답을 그 누구의 변이라도 좋으니/부디 달아줄 것/증거 기반 반증과 추측 모두 환영/anonymous_materials@postpostearthreview.com

Fucking Glorious Halt*

노랑 풍선: 부푼다 헐겁게 묶은 꼭지에 결혼식에서 마
　　　　 신 알코올이 올라오는구나 우리도 행복하게
　　　　 해주세요

분홍 풍선: 온몸으로 정지하고 싶다 할 수 없다 불가능
　　　　 하다 부유하고 담지 못하고 사랑 필요 없어,
　　　　 날아드는

초록 풍선: 나는 팡!

하늘 풍선: 골조 공사 중 추락하는 안전모가 보여

빨강 풍선: 파트너의 가슴과 가슴 사이에서 뭉개지다
　　　　 결국 터지는

노랑 풍선: 우리 사이 전분 가루 상품성 떨어지지 않게
　　　　 묻혀줘 존재가 겹치지 않게 구별해줘

분홍 풍선: 나도 좀 날자 날아보자

보라 풍선: 언제까지?

보라 풍선: 무거워 그냥 내려갈까 밑으로 땅으로 지하
　　　　 로 핵으로

파랑 풍선: 더 멀리 더 오래 더 높이

흰 풍선: 들키지 말고 몰래 넘어 오세요

주황 풍선: 별풍선 쏩니다 나 이런 팬이야

노랑 풍선: 하느님 제발 되게 해주세요

(이하 149만 9,112개의 풍선으로부터의 말을 생략함)

위로 올라갈수록 부푸는 이야기
인간의 숨은 공중에 뜰 수 없다

눈을 감았다가 다시 떠 보라

8시간 33분 후 약 150만 번의 총성

　　노랑 보라 파랑 주황 고무가 활주로를 뒤덮는다 폐쇄된
공항에서 사람들은 목격한다 일시 정지 축제 폭죽 같은
광경을 넋을 잃고 보다가 배에 탄 사람들이 뒤집힌다 바
다를 부유하던 빨간 고무는 거북의 기도로 휘말려 들어가
고 파란 고무로부터 비둘기는 헤어나오지 못한다

　　* "왜냐하면, 만약 우리가 모두 아프게 되고, 그래서 침대에만 갇혀 있게

되어서, 서로 위안을 나누고 치료 경험을 나누며, 지지 그룹을 형성하고, 서로의 트라우마적 경험에 대해 증인이 되며, 우리의 아프고, 고통에 차 있으며, 비싸고, 민감하고, 환상적인 신체들에 대한 사랑과 보살핌을 가장 우선으로 여기게 된다면, 일하러 갈 사람은 아무도 남지 않게 될 것이므로, 아마도 그때가 되면, 그제서야, 자본주의는 그토록 필요했고, 오래 지체되었으며, '존나게 영광스러운 정지(mother fucking glorious halt)'로 인해 단말마를 지를 것이기 때문이다"(Johanna Hedva, "Sick Woman Theory", *Mask Magazine*, 2016. 1).

.

관성에 젖은 사람이 반복적인 일상과 구
획에서 벗어나기 위한 공포스러운 시도

나는 시아*와 매일 저녁 놀이터를 보며 논다
놀이터의 일원이 되지 않고 즐거워지는 것이 규칙이다

오늘은 나 먼저 시작
저기 있는 그네 반복 모래 위에 소꿉놀이 도구 역할 노
란색 미끄럼틀 공포 우레탄 타일 구획 회전 놀이기구 관
성 형광색 반바지 (팬소리가 시끄러워진다) 관성에 젖은 사
람이 반복적인 일상과 구획에서 벗어나기 위한 공포스러
운 시도 (팬이 서서히 뜨거워지며) 한참 못 쓰고 있다고 생
각해 나의 잠재성을 이 시간에 자기 계발이나 하지 형광
반바지라니

나는 형광 반바지를 입은 미나와 이브 클랭이 서로의
호주머니에 머리를 집어넣는 놀이를 본다
미나가 이브 클랭의 발을 밟아도 이브 클랭은 미나에게
잘했어 하고 말한다
호주머니가 무거워진 미나의 형광 반바지가 허벅지에
걸쳐진다

잘했어 시아

칭찬을 듣기 위해 하지 않는다 우리는 놀이터의 일부가
되어선 안 돼

오늘은 전혀 즐겁지 않군

패배를 인정하는 거야?

나는 대답하지 않고 미나의 형광 반지를 본다

주머니 속 진동을 느낀다 간지럽고 당장이라도 어디론
가 뛰쳐나가려는 충동

미나는 이브 클랭의 머리를 호주머니에 넣고 의기양양
팔을 휘젓고 괴수처럼 내달린다

즐거운 비명 소리가 들려

비명처럼 사라질 즐거움

잠시 멈춰 선 미나가 이브 클랭의 목을 거칠게 흔든다

미나는 목을 뒤로 젖히고 숨이 멎을 듯 웃는다

이브 클랭의 숨도 잠시 멎는다

되돌릴 수 없는데 되돌리기
복사할 수 없는데 붙여넣기

나는 뒤엉켜 쌓인 문장을
곧 무너질 빈틈을
몰래 곁눈질한다

나는 시아를 끄고
우리의 규칙을 깨고

마침내 갑자기 삼행시를 완성한다

놀 수 있나요?
이름을 잊을 정도로?
터무니없이?

* 시 쓰는 인공지능 모델.

옥달

1. 사고 현황: 화재(방화 여부 조사 중)

2. 건물 현장 답사 예상 소요 시간: 불명확

3. 참가 인원: 4명

4. 참여자 이름(앞줄부터 순서대로): 아곤, 알레아, 미미
크리, 일링크스

5. 답사 공간 순서: 현관 → 입구 계단 →1층 대회의실(아
곤 중도 포기) → 2층 방향 계단(알레아 중도 포기) → 2층
단체 숙박 공간(아곤, 알레아 복귀) → 3층 방향 계단(아곤
질식 후 졸도, 병원 호송) → 3층 식당(미미크리 졸도, 병원
호송) → 계단을 내려와 현관 앞 집합 → 마침

6. 참여자(아곤)의 녹취:

콘크리트와 철골구조에 가로막혀 있습니다

네 면의 벽에 가로막혀 있습니다

공기에 가로막혀 있습니다

녹고 있는 동토층에 가로막혀 있습니다

적도와 자오선에 가로막혀 있습니다

U+1F728에 가로막혀 있습니다

암흑에 가로막혀 있습니다

언어에 가로막혀 있습니다

7. 사고 직후 근처 지하철 역내 녹취(*5명의 목소리일 수
도 있으며 한 사람의 것일 수도 있고 그 누구의 것도 아닐 수
있음):

"(일을) 접어야 할 때가 왔어."
"삼풍백화점 붕괴 때 나 거기 있었잖아."
"근데 성수대교 붕괴가 먼저 아니야? 성수대교가 먼저
야. 내기할래?"
"혼자 외롭게 살겠지? 늙었는데 연금도 안 나오고 직장
도 잃으면. 나 그냥 조용히 혼자 죽고 싶어."
"제가 비거니즘! 세월호 유족! 하고 외치니까 독자 백
여 명이 저를 언팔했어요."

8. 참여자(일링크스)의 녹취:

우리가 태어난 적이 있나요 태어난 적 없다면 죽음도
없나요 새카맣게 타버린 계단과 벽과 바닥과 온갖 물건들
을 보았어요 그을린 곳에 피해자들의 지문이 별처럼 찍혀

있고요 별 행성 초신성 암흑이 우리를 뒤덮고요 아곤이 정신을 잃고 미미크리가 정신을 잃고 알레아와 나는 끝까지 갔어요 왜 이런 사고가 일어났는지 얼마나 많은 사람이 화염 속에서 죽었는지 알아야 했으니까요 우리는 보고서를 남겨야 했으니까요

9. 참여자(알레아)의 일기:

카펫 타는 냄새 신발 밑창 타는 냄새 벽지 타는 냄새 사람 타는 냄새 내가 불타오르는 꿈

나는 거기에 없다 거기에 어떻게 있을 수 있을까 거기에서 한 발짝 떨어져 거기를 본다

불 속이 아니라

불 바깥에서

미온을 붙들고

바깥으로 바깥으로 자꾸만

밖으로 밀려난다

나는 밖에 있다

10. 참여자(미미크리)의 인터뷰:

질문: 요즘 기분이 어떤가요?
답변: 무기력해요.

질문: 누군가의 트라우마를 목격하고 기록할 권리가 당
    신에게 있다고 생각하나요?
답변: 당신이 하는 모든 것이 아무 소용이 없다면 무엇
    을 할 건가요?

파멸학 달력*
— 10월 삽화 제작 참고용 메모

고글 쓴 시야를 가로막는/뒤덮는/장악하는/압도하는 거대한 화면 조정. 정수리를 때리는 폭포 소리/노이즈. 우주배경복사 레이브 파티는 138억 년 동안 현존한 빛의 자리에서 동시다발적으로 시작합니다. 허블 망원경으로 우주배경복사를 더는 관측할 수 없는 시점. 그러니까 우주의 사이즈를 가늠하게 되는 시점. 그 기쁨과 진화를 동시에 나누는 자리가 될 거라 예상했습니다. 우리는 파트너를 선정할 때 한 가지를 가장 중요하게 생각했습니다. 레이브가 열리는 장소의 건물주여서는 안 된다는 것. 이를테면 바틀비의 안 하는 편을 택하겠습니다/발화 혹은 쇠렌 키르케고르의 신앙심/개념이 레이브가 추구하는 바이기 때문입니다. 이러한 개념은 모두 악의 뿌리이기는커녕 진정한 선의 극치이니까요. 집 없는 사람들이 열광했습니다. 노는 날보다 일하는 날이 많은 사람이 해방 가능을 부르짖었습니다. 우리는 오로지 그들만을 위하여 마음챙김 프로그램과 어드벤처 프로그램을 적절한 비율로 조합한 가상현실 팩을 제공했습니다. 사람들은 고글을 쓰고 고생대 석탄기부터 강인한 생존력을 증명한 생물이 될 수 있었습니다. 기어다니고/날아다니고/벽을 타며 지구 생

존을 위한 전설적 무기를 경험할 수 있었습니다. 우주배
경복사 레이브를 목격한 사람들은 환희로 흐느끼며 함께
노래 불렀습니다. *병정들이 전진한다. 이 마을 저 마을 지
나. 소꿉놀이 어린이들 뛰어와서 쳐다보며. 싱글벙글 웃
는 얼굴. 병정들도 싱글벙글. 라 쿠카라차 라 쿠카라차 아
름다운 그 얼굴. 라 쿠카라차 라 쿠카라차 희한하다 그 모
습.* 우리는 최선을 다했습니다. 하지만 이례적인 일은 언
제나/느닷없이 일어납니다. 고글에 달린 수십 가닥의 전
선이 수백 개의 매듭을 지었습니다. 당시 가상현실 팩이
절정을 향한 시점이었기에 우리는 3분 안에/골든 타임을
놓치기 전에 흥분한 사람들을 멈추고 목을 칭칭 감은 전
선을 풀기에 역부족이었습니다. 현재 고글 렌트를 맡았던
외주사에 진상 규명을 요청한 상태이며 이른 시일 내에
전하도록 하겠습니다. 이번 사고 희생자의 명복을 빌며
여러분의 희생이 헛되지 않도록 현장 녹화된 리뷰를 바탕
으로 더욱 업그레이드된 가상현실 팩 버전을 무료로/기간
한정 선사하겠습니다. 감사합니다.

* 달력 회사에서 일하던 시절, 저는 최악의 재앙을 그려 넣은 파멸학 달력을 상사에게 제안했지만 그는 강아지, 꽃, 누드 사진을 넣은 멀쩡한 달력을 만들어 오라며 팔짱을 끼고/조롱하듯 달력을 짓뭉갰습니다. 파쇄기에 넣기 아까워 남겨놓습니다.

조난당한 큐비클*과 트랜스패런트칼라**

* 큐비클은 이제 지층을 만들 수 있게 됐다. 본래 인간 과포화 시대에 발명됐으나 현재의 하이퍼모델은 5차원에서 번식한다. 이곳에서 일하는 자는 시간과 공간에 구애받지 않으며 돌이킬 수 없는, 과로 상태다.

** Transparent‒collar. 블루칼라(육체노동자), 화이트칼라(사무직 노동자) 개념의 붕괴 이후 시간과 공간을 초월해 일하며 일과 일 아닌 것을 구분하지 못하는 트랜스 상태의 노동자(이하 TC).

딸칵

이미지에 책상 인간 LCD 화면 의자 모니터 미니 게시판이 포함될 수 있습니다
이미지에 지옥 자유 향상 작업이 포함될 수 있습니다
이미지에 가짜 벽난로 가짜 알프스 가짜 오두막이 포함될 수 있습니다

딸칵

매일매일 특가 칸막이
초입방체모듈용 칸막이

가장 인기 있는
평양 개성 예성강철교와 서울 용산 한강대교 동시 붕괴
에 대한 온라인 음모는 통제 불능입니다
정치
지구 내핵 용해로 더 큰 혼란에 빠질 듯
경제
U+1F728 태생의 개체 간 혐오 현상 악화로 더 큰 혼란
에 빠질 듯
우주정신생활

딸칵

마지막 하나 남은 전구로 쪽지를 환하게 비춘다

"야! 왜 안 했어? 마감까지 왜 못 끝냈어? 이게 왜 최선이야? 왜 틀렸어? 일이 장난인 줄 알아? 왜? 왜 일을 주체적으로 못해?"

쪽지를 칸막이 안쪽에 붙인다

바로 옆에 탈착용 메모를 써 붙인다

□ 문장에 언급된 '왜' 좌표로 돌아가 오류와 오해와 오기를 제거한다

□ 『일? 엿이나 먹어』 요약본을 죽은 상사의 부패한 교뇌에 이식한다

□ 모든 일을 마친 후 결과를 기록지에 상세히 적고 이전의 결과들과 비교한다

□ 궁극적으로 무엇이든 완료할 때까지 반복한다

□ 절대로 칸막이 모듈 밖을 내다보지 않는다

딸칵

화이트칼라는 가고 트랜스패런트칼라(TC)가 온다! 안녕하셨나요! 여러분의 성원에 힘입어 TC 몰카가 다시 돌아왔습니다! 지구 마지막 남은 TC 멸종 위기 개체! TC의 트랜스를 엿보시죠!

(하품)

딸칵

꿈에 사무실이 나왔다
네 개의 칸에 네 개의 흰 천이 발 없이 둥둥 떠다녔다
칸으로 들어가거나 그대로 서 있거나 두 가지 선택지뿐이었나?

네 개의 떠 있는 천 안에 골격을 본 것 같다
골격은 꿈에서만 볼 수 있는 사람이고

심심한 나는 사무실에 들어가는 시늉을 했다

네 개의 천이 움찔거렸다

첫번째 천이 나와서 "칸으로 들어오고 싶나요?" 물으며
다시 들어갔다

두번째 천이 나와서 "칸으로 들어온 적 있나요?" 물으
며 다시 들어갔다

세번째 천이 나와서 "칸에 얼마나 있을 건가요?" 물으
며 다시 들어갔다

네번째 천이 나와서 "빈칸……"

하고 묻기도 전에 나는 잽싸게 천을 잡아챘다

골격이 사무실 바닥으로 넘어지며 내 목을 졸랐다
벗겨진 천이 거칠게 나를 덮쳤다

그로부터 오랜 시간이 지났다

흰 천을 머리끝까지 덮은 채 잠에서 깼다

딸칵

블라인드 사이로 달이 이지러진다
책상에 엎드려 매복한다
이제는 달을 보고 시간을 가늠할 수 없지만 숨을 참고
보기 계속 보기

딸칵

1럭스 미만의 조도 아래서 흰 천을 머리끝까지 덮은 TC
가 있습니다! 왜 불도 켜지 않고 청승을 떠는 걸까요! TC들
은 혈중 산소가 적은 탓에 검푸른색을 띤다고 알려져 있
는데요! 무차별 포획으로 개체 수가 급감하자 우주자연보
전연맹은 TC를 멸종 위기종으로 지정했습니다! TC가 버

튼들을 자꾸 만지네요! 일종의 환상통이죠! TC는 버튼, 터치스크린, 스위치, 레버 등을 찍고 누르고 내리고 갖다 대며 일상을 운용했던 걸로 유명한데요! 큐비클 생태계가 5차원으로 넘어온 뒤부터 버튼 일체에 관한 환상통을 앓는 것입니다! 자, 보시죠! 손가락을 가만두지 못하네요! 귀한 장면입니다!

딸칵-딸칵-딸칵-딸칵

ㄸㅓㄹㅋㅕ?*** ㅋㅋㅋ ㅇㅣㄱㅗㅅㅇㅡㄴ ㄸㅓㄹㅋㅕㅇㅡㅣ ㅅㅔㄱㅖ

딸칵-딸칵-딸칵-딸칵-딸칵-딸칵

(하품)

꿈에

어떤 여자? 엿 같은 헤테로로 끝내고 나랑 시작해보는 거 어때? 그 여자 나를 좋아했었다? 나는 탁 트인 운동장을 졸라 달렸다? 그러다 넘어져 다쳤고 그 여자 달려와 나를 간호했다? 나는 한결 낫다면서 또 달렸다?

딸칵

TC가 열 손가락으로 시간 축을 간지럽힙니다! 영상 판독 시스템을 돌려 보니 그는 오래된 키보드 배열식으로 타이핑한 것이더군요! 차원 관계상 내용을 간추리자면 이렇습니다! "그들이 내 생각을 망쳤어요. 모든 조직이 지능적이고 진보적인 것은 아닙니다. 그들은 그곳을 빌어먹을 개미 농장으로 만들었습니다. 엿 먹어라. 내 말 들리나요? 열린 사무실 엿 먹어라." 영상 판독 시스템에 따르면 이 문장은 큐비클을 지구에 소개한 로버트 프롭스트가 죽기 전 남긴 말이더군요! TC는 대체 무엇을 위한 힌트를 주고 있는 걸까요! 기대해주세요!

(하품)

딸칵   딸칵   딸칵   딸칵   딸칵 딸칵

딸칵   딸칵 딸칵   딸칵   딸칵   딸칵

딸칵 딸칵   딸칵   딸칵   딸칵   딸칵

번쩍이고 지지직거리는 조명 아래
TC는 조금 흥겨운 춤을 추었다
나 잠깐 WC 다녀올게(찡긋)

딸칵

『바가바드 기타』한 줄 요약 '나는 죽음이 되었으며 세계의 파괴자가 되었습니다'——북마크 읽을 자료——저장

딸칵

☑ 궁극적으로 무엇이든 완료할 때까지 반복한다
☑ 절대로 칸막이 모듈 밖을 내다보지 않는다

*** 떨켜: 잎, 꽃, 과일이 줄기에서 떨어질 때 그 자리에 형성되는 분열 조직 또는 유조직 세포층.

딸칵

딸이 있었어 내게도 딸은 새였던 것이지 송진이 흐르는 잿더미로부터 지저귐 접속된 것이지 불 속을 견디는 새 그 애와 난 고통 해상도를 공유했어 실행된 것이지 경쾌하게 눌리는 펜의 뒷부분처럼 예고 없는 암흑인 것이지 거대한 소리가 들린 다음 날부터 딸은 시들어갔어 점점 먹지 않고 일어나지 않고 눈을 뜨지 않았지 그대로 잠에 들었어 잠 속에서 아무것도 듣지도 말하지도 않았어 더 거대한 소리가 나던 날 딸은 숨 쉬는 일까지 그만두었어 나는 딸을 묻기 위해 땅을 팠어 땅을 파고 또 팠어 흙이 나오고 또 나왔지 그러다 갑자기 삽날에 부딪히는 게 있었어 빛이 확 쏟아져 빛 빛 파헤칠 수 없는 빛이 있었어 삽날에 부딪히는데 빛이 원래 부딪히는 거였나 삽날을 내리꽂고 내리꽂았지 딸을 눕히기에 구덩이가 너무 좁았거든 내리꽂는데 빛의 색이 바뀐다 살갗의 빨간색 생채기의 빨간색 솟구치는 빨간색 부딪힐 때마다 빨라지고 빨개지는 색의 연속 마구 찔렀지 왜 그랬는지 몰라 그러다 문득 아래를 보니 망가지는 빛이 있어 빛이 원래 망가지는 거였나 더 아래로 더 세게 팔수록 오류의 빛이 쏟아져 오류의 빛을 본 적 없지만 단번에 오류의 빛이라는 걸 알았지 우리는 오류에 부딪혀 마구 부딪혔어 부서질 듯 절대 부서지지 않는 영원 화면 그 위였지 완벽히 설계된 블록으로부터 미세한 전류 소리가 나 나는 점점 검게 변하는 딸을 묻지 못해 치가 떨리고 영원 화면은 전류를 미세하게 떨며 나를 비웃었지 멍청아 여기가 끝이야 나는 삽날을 날카롭게 세워서 더 세게 땅에 꽂았어 딱히 할 것도 없었으니까 블록은 빨간색에서 파란색으로 초록색으로 변덕스럽게 오류를 합성해댔지 빛은 자기를 쪼개 영사하고 반사하고 굴절하며 형상을 만들기 시작했어 검은색이 물결치다가 연붉은색으로 변했고 중앙으로부터 검고 얇은 동그라미가 날 응시했지 그래 잠들기 전 나의 딸이었어 오랜만에 눈을 맞추는 나의 딸 작은 눈 안에서 부드럽게 열리고 닫히는 검은 눈동자 나는 모든 걸 멈추었지 멈추는 것 말고 달리 할 수 있는 게 없었으니까 눈을 맞춰야 했어 딸은 눈을, 코를, 입을 그리고 얼굴을, 표정을, 달리는 모습을, 나에게 달려와 안기는 모습을 보여주었어 나는 아무것도 묻을 수 없었어 너무 밝아서 난 낳은 적 없는 딸을 가리키며 울었어 아니 웃었어 깔깔 왈칵

호텔 엑셀시오르

4차선 고속도로가 양방향으로 지나는
사이에 있다

세계 최초 가로로 긴
원통형 모양이다

이망증을 앓는 환자들이
장기 투숙했다

식물 생장 저주파로 만든 음악이
호텔 곳곳에 재생됐다

종업원은 나무토막을 가볍게 들어
대패 위에 놓고 두 손을 포갠다

다목적실에서 태극권을 수련하는 투숙객
손바닥으로 온몸을 세게 치는 투숙객

종업원은 나무토막을 위아래로 민다

브이아이피를 위한 최고급 와인 상자에 넣을 톱밥이다

*

우린 갈려 질이 안 좋을수록 먼저 갈려
갈리지 일정한 부피와 무게로
가벼운 더미가 된다
우리보다 더 귀하고
깨지기 쉬운 것을 위해
부서지지 않게 흠집 나지 않게
갈린 우리 사이
비로소 공간이 생겨
없던 공간 우리는 여유로워

갈린 우리가 충격을 흡수해
흡수하는 것이 아니라 느끼지 못하는 것
알 도리가 없는 것
너와 내가 뒤섞이며 여유로워
너도 되고 나도 되고 우리는 중독적으로

작아져

우리는 중요한 것을 뒤덮어 너와 나의 갈림으로 뒤덮은
중요한 것은 무엇일까

알 필요 없지
우리가 중요해지지 않는 순간 얻게 된 자유를
이대로 놓칠 순 없잖아
아닌가
아니야

없는 나 되고 싶어
없는 나의 세계로

대패는 먹지 않는다
소화하지 않고 거부한다
거부당한 우리는 조각이 되어

누군가의 밥이 되었던 적 있던가

뺏기만 했었지
없는 너 우리 나 드디어
밥이 되었다
우리는 드디어 우리 아닌 것을 살찌울 수 있을까
충격으로부터 보호할 수 있을까

그 길로 나아가요
주—욱
여기는 순방향 역방향 양쪽으로 차들이 세차게 달리는
고속도로 중앙

우리는 걸어요
그 사이를
이코노미룸과 스위트룸을 통과하며 라운지와 브이아이
피 프라이빗 스페이스를 사이좋게 주춤거리며

우리는 호텔 엑셀시오르를 누려요

궤짝에 차곡차곡

이쪽도 저쪽도 없이
우리는 상처 나고 조각나고
수북하다

*

종업원은 갈린 것을 두 손 가득
나무 상자에 담는다
반 정도 채운 상자에 그것을

오래전부터 살아남은 것
와장창 깨진 스테인드글라스에 그려졌던 것
자꾸만 떠나고 싶은 것

조심히 넣는다
아직도 비어 있는 공간을 위해
종업원은 대패 위에 작은 나무 조각을 올리고 두 손을
포갠다

위로 아래로 위로 아래로
중독적으로

갑자기 저주파 음악이 중단되고
투숙객들은 하얗게 질려 쳐다본다

종업원의 두 손에서
시뻘건 새가
최고 속도로 날아오르는 것을

사이파이 사일런스관 애장품 가이드 투어

입구

사이파이 사일런스 박사가 BC 3년 경 늙지도 젊지도 않은 한 석공의 작업에 집착하게 된 것은 어쩌면 당연한 일이었지요. 쉽게 납득할 수 없으시다고요? 생각해봅시다. 당신이 기화 작업을 거친 사이파이의 뇌라고 상상해보십시오. 아무리 다채로운 플라스마가 존재한다 한들 혹 불면 똑같이 저 멀리 흩날리는 기체가 흥미롭겠습니까, 소문으로만 듣던 시대에 진작에 사라진 고체, 심지어 이제 다시는 주무를 수 없는 그 돌덩이로 작품을 만드는 한 인간이 흥미롭겠습니까? 그렇죠, 인간.

그 늙지도 젊지도 않은 석공으로 말할 것 같으면 지구가 정말로 지구형 행성*이었을 때 휘황찬란한 고체 문화를 견인한 1인자였다지요. 그는 지중해 끝자락의 어느 암석 절벽에 나타나 인류가 한번 보면 그냥 지나칠 수 없는 것, 다시 말해서 단순히 아름답기만 해서 그것을 곁에 두려는 것이 아니고, 씻고 숨고 잠시 쉬고 또 영영 쉴 수 있는 그런 실용적이기도 한 장소를 만들어냈다는 것입니다. 석공은 거대한 암석으로 단 두 가지만을 만들었다지요. 욕조 그리고 관. 전 지구형 행성의 표현대로라면 '평생

밥 먹고 잠자는 시간만 빼고' 욕조와 관을 깎았다고 합니다.** 우리에겐 죽음이 없지만 당시 죽음이 크나큰 절망이자 기쁨이었고 석공은 한 세기 이상을 살았습니다. 그들의 표현으로 '강산이 변할' 정도의 굉장히 긴 시간이었다고 하죠. 잘 와닿지 않으신다고요? 우리가 쓰는 표현으로 바꿔보면 평생에 걸쳐 백업한 데이터를 기화 저장하는 데 소요되는 시간의 약 5배입니다. 이제야 긴 한숨 소리가 여기저기서 들리네요. 어쨌든 석공이 긴 세월 동안 사랑받은 비결을 여기서 최초 공개하려고 합니다. 대체 어떤 가이드가 이런 걸 알려주겠습니까? 정말 이건 공인 가이드인 저밖에 모릅니다. 여러분, 석공의 성공 비결은 기괴한 악취미에 있었습니다. 그 악취미가 궁금하신가요? 그렇다면 두번째 챕터로 넘어가보시겠습니까? 입장료와 그 밖의 불포함 비용은 지금 퍼뜨리는 링크에서 바로 결제하시면 됩니다.

석공의 성공 비결방

자, 바로 본론으로 들어가겠습니다. 우선 성원과 결제 감사합니다. 석공의 악취미에 대해 알기 전에 우리는 그가 만든 욕조와 관을 시공간 초월 플라스마로 만나보겠습니다. 이쪽으로 다들 조금 더 가까이 와주세요. 여러분, 이건 욕조일까요, 관일까요? 그렇다면 이것은요? 헷갈린다고요. 저는 모든 걸 다 구분할 수 있습니다. 자랑이 아니고요. 그 기준이라고 하면 바로 바닥 모양입니다. 관 바닥은 직각 형태로 평평하지만 욕조 바닥은 포물선 모양으로 좁아집니다. 이제 여러분은 이것만 구분할 줄 알면 유명한 석공이 제작한 고대 지구형 행성의 모든 욕조와 관을 구분하실 수 있는 겁니다! 기분이 좋지 않으신가요? 반응이 별로네요.

고대 지구형 인류는 관은 편하게 누워 있도록 평평하게 만들고 욕조는 얼른 씻고 나오도록 미끄러지는 모양으로 불편하게 만들었다고 하죠. 어쨌든 중요한 것은 석공의 악취미입니다. 그는 욕조를 만들다가 관을 만들고 관으로 만들던 것을 욕조로 만들었답니다. 쉽게 말하면 외부는 직각 형태인 관처럼 깎아놓고 안은 둥글게 조각해 욕조랍시고 내놓았고, 외형을 욕조처럼 만들다가 돌연 관이 만들고 싶어져 겉을 직각으로 놔뒀다는 것이지요. 그래서인지 석공이 만든 욕조에 냉수를 받으면 점점 미지근하게 데워져 그 안에서 몽롱하게 선잠을 자게 되었다고 하고요. 불현듯 선잠이 시작되면 욕조에 누워 있는 사람이 눈을 떴을 때 당연히 보여야 했던 욕실 천장은 사라지고 흰 구름이 옹골지게 피어나는 광경이 나타났답니다. 눈은 구름으로 빙정으로 물방울로 물방울의 젖은 주름으로 따라가다 젖은 주름 안에서 희미하게 피어오르는 또 다른 구름을 마주하고 그 안의 빙정을 물방울을…… 여러분! 죄송합니다. 과한 이입으로 초연결 끈이 엉켜버렸네요.

아무튼 욕조에 누워 있는 사람이 현실로 돌아오지 못한 사례도 빈번했다지만 관의 경우는 더 엉뚱한 소문이 낭자하죠. 석공이 암석의 속을 둥글고 매끄럽게 깎다가 갑자기 변덕의 욕지기가 치밀면 외부를 둥글게 마감하지 않은 채 "관이오" 하고 내놨던 경우 말입니다. 인류가 이 관에 들어가 겪었던 이야기는 지구가 완전히 목성형 행성으로 전환된 뒤에야 기록으로 남길 수 있었습니다. 여러분도 아시다시피 지구형 행성에서는 죽음 이후와 이전의 세계가 양립 불가능했기 때문이지요. 어찌됐든 인류의 공통 경험담은 살아생전 접촉한 물결들 이를테면 안락한 양수, 향이 나는 온탕, 첫 헤엄에 성공한 수영장 등 물결의 희열이 번갈아 찾아왔다는 것입니다. 시체들은 관 속으로 차오르는 물결 파노라마와 함께 '살아생전 소중했던 존재'를 다시 만날 수 있었다지요. 아! 저희에게도 눈물이라는 액체가 있다면 여기서 다 함께 흘렸을지도 모르겠군요!*** 석공은 이렇듯 교차한 것들이 인류에게 황홀경을 선사한다는 사실을 뒤늦게 깨달았습니다. 그는 넘치는 수요를 따라잡기 위해 대량생산을 의도했지만 그렇게 생산된 교차 관‒욕조는 절대로 황홀경을 선사하지 않았답니다. 그것은 오로지 관을 만들려는 석공의 진짜 의도와 중간에 엉뚱하게 노선을 바꿔대는 진짜 변덕이 충돌해야만 가능했던 것이지요. 석공은 대량생산을 꾀한 이후 황홀경의 교차 관‒욕조를 하나도 만들지 못했지만 진짜와 가짜, 의도와 비의도 사이의 경계를 구분하지 못하게 된 나머지 그저 따뜻한 욕조에 누워 행복한 최후를 보낼 수 있었답니다.

교차 관‒욕조 체험방

이 모든 이야기를 들은 여러분은 가이드 투어를 절반쯤 따라왔다고 보시면 됩니다. 마지막 남은 클라이맥스는 그 옛날 석공이 만든 욕조와 관, 그 황홀경을 직접 체험해보는 단계입니다. 고체와 액체가 완전히 사라진 이곳에서 그것을 느끼는 게 가당키나 한지 묻겠지만, 제가 누구입니까? 지구형 행성에 살던 인간/비인간들의 온갖 형태의 기록물을 토대로 당시 욕조와 관을 경험해볼 수 있는 하이퍼링크를 만들어냈습니다. 다만 관 체험 시간이 끝나면 곧바로 이곳으로 돌아올 수 있지만, 욕조의 경우 물을 재현하다 보니 약간의 오작동이 있을 수 있습니다. 우리의 시간으로 따지면 거의 찰나의 시간 동안 지구형 행성의 '고대 인류의 삶'을 살 수 있다는 것이지요. 다시 말하지만 우리의 시간으로 따지면 데이터베이스에 접속하기 위해 코드를 꽂는 정도의 시간입니다. 오류라고 판단되면 두려워하지 마시고 여유를 갖고 기다려주십시오. 그럼 여러분 좋은 시간을 만끽하십시오. 안내는 여기서 마칩니다.

* 지구형 행성은 대부분 암석과 금속으로 이뤄지고, 목성형 행성은 주로 기체로 이뤄집니다. 하지만 3차 우주 대전환 이후 지구형 행성은 현재 목성형 행성으로 업데이트되고 있습니다.
** 지구형 행성 특유의 시간 순서 서사 방식과 관용어, 단어 등(작은따옴표로 표기)이 이해되지 않는다면 목성형 버전 최신 데이터베이스를 참

고해주십시오.
*** '눈물'의 정체를 모르는 분들은 지금 당장 데이터베이스를 확인하셔야 합니다!

따뜻한 한계

REST는 조개껍데기를 연상케 하는 가로 1.8미터, 세로 2.4미터의 장치입니다. 그 안에 엡솜 소금 천 파운드를 섞은 물이 채워져 있습니다. 옷을 다 벗고 장치 안으로 들어가 몸을 둥둥 띄우십시오. 장치의 뚜껑이 닫히면 아무것도 보고 들을 수 없습니다. 완전하게 감각을 차단하고 잠시 동안 뇌를 조용히 끌 수 있습니다.*

얇게 새어 나오는 빛

네 콧등에서
내 이마로 꽂힌다 빛은
눈 위에서 산발하고

홉뜬 눈
나는 너를 바라보아야 한다
흰 개 앞에 있는 널

라펠 두 비드**
뛰어드는 널

라펠 두 비드
응시하는 널

빛은 까마귀 떼와 열렬히
두툼해졌다가 기울고

연필 쥐는 법을 처음 배웠던 때처럼
머리를 기울이고 눈을 가늘게 뜨고

어디서부터 그려야 할까

산속을 헤집고
낙엽 더미에 발이 빠지며

나는 소풍을 간 적이 없지만
소풍 때 그렸던 그림을 기억해

너는 흰 개와 눈을 맞춘다

히죽 웃는 입가에
달랑거리는 너

30분 남았습니다. 시간 추가를 원하시면 오른쪽 상단의 빨간 버튼을 한 시간당 한 번씩 눌러주십시오. 시간당 추가된 비용은 기존에 등록하신 신용카드에서 자동 결제됩니다.

다시
너의 흰 개가 물 위를 부유한다
한 치의 미동도 없이
눈을 뜬 채로 가만히 나를 향해 있다

흰 개로부터 미처 빠져나오지 못한
혀와 피가
따뜻하게 물속으로 번지고

나는 너를 찾아야 한다
나는 너의 주인이 아니야

하지만 너는 어디에도 없고
조금씩 혀와 피가 가까워진다

어느새 붉고 검어진 물
내 몸은 물을 띄우기 위해 무겁게 가라앉는다

매달린 너와
혀와
피와

청량한 새소리
물속에서 돌아가는 미러볼 불빛

* '제한된 환경 자극 기술(Restricted Environmental Stimulation Technique)'
은 시간당 70달러이다. 카일 차이카, 『단순한 열망: 미니멀리즘 탐구』, 박
성혜 옮김, 필로우, 2023, p. 176.
** 공허의 부름.

에델바이스 작은 뜰 펜션

우리는 언제나 잊고 있었지 하지만 여긴 정말 좋아 이
렇게 좋을 수 있을까 고기를 한 점 더 먹어봐 자연에서 먹
어서 더 자연스럽고 맛있지 부드럽고 더 감칠맛이 있지
자 술잔을 들어 건배 우리의 좋은 날을 위하여 앞으로의
꽃길을 위하여 그런데 그 꽃길 가본 적 있니 베르길리우
스 스트리트에 있는 그 꽃길 엄청 유명해 굉장히 잘 알려
졌지 전 세계 사람들 모두가 그 길에서 사진을 찍길 원해
꽃길 한가운데 서서 얼굴에 턱받침을 하고 찍어야 한대
시그니처 포즈래 그게 그러면 꽃 아니 꼭 거기에 핀 꼭 아
니 꽃 같아 보인다더라 아무튼 여기 진짜 좋지 정말 좋아
인생 명소야 인생이 죽기 전에 꼭 한 번 와봐야 할 명소지
인생 찰칵 찰칵찰칵찰칵

덜컹

남양주시 가평군 두메촌 38-1 에델바이스 작은 뜰 펜션
1일 금요일 하늘방 단체 5명 가족 추정 1박 2일
2일 토요일 청춘방 남자 2명 여자 2명 육십대 동호회 추
정 1박 2일

3일 일요일 하늘방 여자 1명 남자 1명 커플 2박 3일(일회용품 추가 금액 후불)

4일 월요일 하늘방 남자 먼저 체크아웃 새벽 4시경

5일 화요일 하늘방 청소 용역 방문, 혈흔 제거에 세제 금액 추가 입금해야 함 45만 원 우리은행

공지

성수기 예약 손님 급증으로 올해 12월까지 에델바이스 작은 뜰 펜션의 모든 방을 예약하실 수 없습니다. 추후 예약 취소 시 스위트룸(하늘방)부터 새 공지를 띄울 예정입니다. 저희는 단 하루의 쉼이라도 여러분께 인생 사진을 남기고 인생 여행을 선사하기 위해 노력합니다. 좋아요 1,392

철컹

울음을 그칠 수 없는 자 들어올 수 없습니다

혁명을 원하는 자 들어올 수 없습니다

잡음을 생성하거나 에너지를 빼돌리는 자

몸집이 작고 짖는 자
공부하는 데 인생을 바치는 자 들어오지 마세요
양해 부탁드립니다

다음 날
오후 3시

체크인

진짜 좋다 좋다 이렇게 좋을 수 없을 거야 투명하고 커
다란 창문을 통해 봐봐 정말 좋지 아름다워 자연은 언제
나 이렇게 영롱하지

임시 정원

비행기 안에서 기장이 좋은 소식 한 가지와 나쁜 소식
한 가지를 방송한다
　나쁜 소식은 비행기가 고장이 나서 우리가 곧 낙하한다
는 것
　좋은 소식은 바닥없는 세계에 진입했다는 것*

　좌석이 흔들린다
　떨어질 때 기댈 곳이 필요할까
　좌석을 보낸다
　손잡이가 분리된다
　허공에서 잡을 것이 필요할까
　손잡이를 보낸다

　떨어짐이 사라진다 아래가 사라진다 속력이 사라진다
공포가 사라진다 계단이 사라진다 무대가 사라진다 산이
사라진다 정상이 사라진다 허공이 사라진다

　정수리와 발바닥에 아무것도 느껴지지 않을 때 천천히
눈을 뜨니

어떤 방향으로도 추락하지 않는 손에 땀이 난다
어떤 감정으로도 표현할 수 없는 얼굴에 땀이 난다
어떤 무게로도 중심을 잃을 수 없는 발에 땀이 난다

기장과 몇 명의 승객들이 바닥없는 세계로
땅도 바다도 아닌 곳에서 사람들은 땀을 흘린다 더는
흘릴 땀도 보낼 시간도
없는 순간

사람들은 젖은 껍데기를 열고
자신을 보낸다

사람들이 힘겹게 벌린 사이로 싹이 튼다 줄기라고도
할 수 없고 꽃이라고도 할 수 없고 열매라고도 할 수 없는
것이

사람들만 아는 이름으로

* 초감 트룽파.

72

2부

표류하는 세계의 극장

비엔날레 마지막 날 철학자 사이파이는 휘황찬란할 수변 무대를 꿈꾸며 그가 수십 년간 친분을 맺은 세계의 광인들을 모아 극장에 들어섰다. 광대, 곡예사, 레슬러, 궁수, 학자, 영화감독, 영사기사, 소설가, 기타리스트 등이 사이파이와 함께 '표류하는 세계의 극장'에 당도한다. 그는 광인들과 만들어낼 쇼를 상상하며 철학 인생의 획을 그을 날이 도래할 것을 확신했다. 이런 상황에서 그리 중요한 문제는 아니나, 그의 오랜 친구이자 극장을 설계한 건축가 일링크스로부터 아래와 같은 사실을 전달받지 못했다.

— 아래 —

일링크스는 표류하는 세계의 극장을 설계하며 단서를 달았다. 비엔날레가 끝나면 건축물을 해체할 것. 한 도시의 풍경을 이루던 기억이 상실되지 않도록* 건축적 토대로 물을 선택했다. 훗날 극장엔 자살하는 건축이라는 별명이 붙을 예정이다.

다시 없을 쇼를 위하여
사이파이와 광인들은 표류하는 극장 안으로 끊임없이
도구를 실어 날랐다

도구를 하나 들이면 이야기가 하나 늘었고
광인들은 뼈와 서사를 일으키며

누구도 시키지 않은 리허설을 했다

*

합판으로 짠 간이 무대(+200kg)√

영화감독은 자신의 영화의 줄거리를 주변에 앉은 사람
들에게 이야기했고 줄거리 속 여자는 행인의 발에 걸려
시멘트 도로에 고꾸라졌다 여자의 얼굴은 보란 듯이 뭉개
졌고 피가 흘렀고

철제 침대(+71kg)✓

줄거리를 듣던 무용수는 몽유병을 앓다가 자기 얼굴을
쥐어뜯은 이야기를 풀어놨다 얼굴에 흉터를 지닌 무용수
는 무대 위에서 상처처럼 몸을 움직였다 상처처럼 가만히
까치발로 걷다가 힘없이 쓰러졌고

가연성 물질과 땔감을 충분히 넣은 드럼통(+25kg)✓

쓰러지는 모습을 본 기타리스트는 철로에 뛰어들었던
날을 회상했다 그는 철로가 내는 불협화음으로 침대에서
일어나지 못했던 날을 떠올렸다 마침내 그가 자리를 털고
일어났을 때 절망적인 소음으로부터 어기적거리면서 기
어 나온 멜로디로 연주를 시작했다

활과 하프(+40kg)✓

기타리스트의 연주는 위층까지 증폭되었고 이를 듣던

소설가는 트라우마적 충간 소음을 떠올렸다 멜로디가 손에 익을 때까지 백 번 천 번 간이침대에 걸터앉아 연습하는 사람의 방 아래 살던 소설가는 아름다운 멜로디도 반복되면 사람을 죽일 수 있다는 사실을 떠올렸다

회전식 철골 계단(+150kg)✓

그는 반짇고리를 열어 망상 속 연주가 끝날 때까지 바늘 한 땀에 실 한 가닥을 꿰었다 바늘 한 땀 실 한 가닥 아름다움은 사람을 죽일 수 없다 바늘 한 땀 실 한 가닥 아름다움은 죽음과 친구이다 바늘! 불현듯 놓쳤을 때 그는 바닥에서 바늘 대신 마지막 생애를 바느질하며 죽어가는 어느 인간의 이야기를 주워 올렸다

향나무로 만든 1.5치 관(+50kg)✓

소설가는 새로운 소설을 쓸 수 있게 되었다며 혼잣말을 늘어놓았다 주제와 소재와 인물의 성격에 대해 이제 다시 시작할 수 있게 되었다는 말소리가, 목소리가, 소리가 되

고 결국 잔잔한 음악이 되는 것을, 곡예사는 없어지는 소리에 맞춰 텀블링하며 울었다 세번째 회전 때마다 비틀렸던 발목이 한순간 똑바로 서는 기쁨을 만끽하며!

*

흥분의 도가니 속에서 곡예사는 발돋움 판(+64kg)을 극장 안으로 옮겼고 다음 동작을 이어가려던 순간

사이파이는 극장이 조금씩 가라앉고 있음을 감지했다 바닥 지지대 사이로 물이 번지는 것을 본 모두가 경악했다

극, 극장이, 극장이 가라앉고 있어 도구를 모조리 집어던져!

아니 안돼 잠깐만 잠깐만 기다려봐 아직 안무가 안 끝났잖아!

맞아 조금 더 조금 더 지켜봐야 해!

(모두가 물속에 잠기고 그로부터 10분이 지났다)

*

뭐야 또 결국 다 죽는 얘기네?

세계의 광인들은 죽음에 대한 기계적 이야기에 김이
빠져
작고 단단한 근육을 움직여 뭍으로 헤엄쳐 나왔다

*

뭍에 가장 먼저 도착한 곡예사가 말했다
"오래도록 듣고 싶은 얘기였어"

*

다음 날 건축가 일링크스는 자살 건축의 완결을 음미했고

＊

그다음 날 자정 철학자 사이파이는 극장의 도구를 잽싸게 강으로 던졌다
극장은 서서히 다시 떠올랐다

＊

사이파이와 광인들은 이따금 표류하는 극장을 찾아 기어코 듣고 싶은 이야기를 전해줄 광인이 나타날 때까지
온갖 사람들의 이야기를 듣고 가라앉고 다시 헤엄쳐
기계적으로 뭍으로 돌아왔다

＊ 알도 로시가 자신이 설계한 건축물 'The Theater of the World'로 프리츠커상을 수상한 후 했던 인터뷰의 일부.

『관내 여행자』

0

185.51관57 여기 책 한 권이 있다
제목에 관내 여행자라는 글자가 있다
『관내 여행자』에 미술관과 박물관과 영화관이 있다
세 곳에서 동분서주하는 사람(들)이 있다
사람(들)에게는 오래 걸어서 피가 쏠린 발이 있다
피가 쏠린 발은 커다란 액자 앞에 있다
커다란 액자 속에 추상화가 있다
추상화 속에 추상화를 보는 사람이 있다

추상화를 보는 사람이 추상화를 뒤엎었다
추상화가 커다란 액자를 뒤엎었다
커다란 액자가 피가 쏠린 발을 뒤엎었다
피가 쏠린 발이 동분서주하는 사람(들)을 뒤엎었다
사람(들)이 미술관과 박물관과 영화관을 뒤엎었다
미술관과 박물관과 영화관이 『관내 여행자』를 뒤엎었다
『관내 여행자』가 여기를 뒤엎었다.*

1

너무 오래 걸어서 발에 피가 쏠린 사람은 미술관에서
박물관으로 박물관에서 도서관으로 도서관에서 영화관으
로 다니며 관내 여행자가 되기로 결심한다. 관내 여행자
중에서도 과도한 이상에 사로잡힌 이들은 마지막 여행지
가 자신의 관이 되는 것을 제일의 기쁨으로 여긴다.

2

7:30 a.m. 집을 잘 활용하는 고양이가 그러하듯 미술관
경비에게 들키지 않기 위해 대규모 미술관 청소 도구함
이 있는 계단 아래에 웅크리고 있다가 기상. 관내 여행자
로서 스타일을 유지하고 싶다면 빈티지 룩을 고수하는 게
좋다. 적당히 헤져도 적당히 오래돼도 적당히 언밸런스
하다. 경비들의 눈초리를 받지 않을 수 있다. 짧게 말하면
돈이 안 든다. 하지만 방심은 금물. 해진 것과 더러운 것
의 차이를 경계하자. 이틀 전 도서관에서 빌린 책을 꼭 챙
길 것. 너무 편한 베개였다면 잠자리에서 흘리고 나올 확
률이 크다. 8:40 a.m. 대형 관들이 즐비한 도심에는 유난
히 노숙자가 많다. 그들을 보면서 자신의 삶을 관조하는

무례를 범하지 말 것. 그들의 너른 도움을 받아 주변의 무료 급식소의 위치를 파악한다. 하루를 여는 든든한 한 끼를 그곳에서 해결하자. 9:00 a.m. 박물관이 문을 열기 전까지 엊그제 빌린 두 권의 책을 탐독한다. 대형 관이 많은 원도심에는 벽돌로 쌓아 올린 오래된 건물이 많은데, 특히 적벽돌 건물 한 틈에서 따뜻한 커피를 상상하며 임하는 독서를 추천한다. 물론 겨울에는 두말할 것 없이 지하철 플랫폼 의자로 가라. 10:30 a.m. 이제 관내 여행을 시작한다.

3

행동 요령 1) 모든 팸플릿을 정독하는 데 시간을 아까워하지 말 것. 하루 관람에 의의를 세우며 팸플릿을 읽는 것은 여러 번 되풀이할 관람에 지혜로운 길잡이가 될 것이다. 2) 우리는 발이 아프다. 뛰지 않고 걷는다. 본다. 느낀다. 3) 티켓을 끊으나 무료로 입장하고 싶다. 무료로 입장할 수 있는 시스템을 상상하고, 시스템을 가능하게 할 정책과 법률을 논리적으로 일지에 적어놓자. 관장에게 시비를 걸 수 있을 절호의 기회에 이 모든 방법을 설득력 있게 말해야 한다. 4) 관내에 걸린 작품의 제목을 순방향으로 열세 번 역방향으로 열세 번 영문으로 (가능하다면) 점자로 (가능하다면) 우크라이나어 팔레스타인어 몽골어 베트남어 등 외국어로 번역해 읽어본다. 5) 작품을 동서남북 방향으로 한 번씩 (가능하다면) 곁눈질로 한 번씩 (반드시) 작품 앞에서 눈을 감고 머문다. 5-1) 사팔눈을 뜨고 콧등과 함께 작품을 본다. 5-2) 작품과 정반대로 서서 머리를 완전히 뒤로 돌려본다. 5-3) 같은 방향에서 다리를 벌리고 다리 사이로 작품을 본다, 머리에 피가 쏠려 몽롱해질 때까지. 5-4) 다섯번째 단계에서 헤어나오지 못하는 자에게 축복이 있을 것이다. 그러니 이 단계의 성패는 모두 창의적인 미치광이, 당신에게 달렸다! 6) 노트 한 페이지를 작품에 대한 이야기로 채운다. 무엇이든 괜찮다. "작품을 보는 내내 동행한 애인의 바지 지퍼를 내리고 싶다는 생각밖에 들지 않았다." 이것은 나의 관내 여행 일지의 첫 문장이다.

* 폴 엘뤼아르의 시 「되세브르의 동요Chanson enfantine des Deux-Sèvres」 변용.

타이틀 매치
── 작가 둘을 링 위에 올렸다

등장인물

1

2

관객들

무대

핀 조명 하나만 켜진 링 경기장

1과 2가 눈을 감고 링 위에 쓰러져 있다. 1의 손에는 연필이 2의 손에는 키보드가 쥐어져 있다. 나이와 성별은 가늠하기 어렵다. 1과 2가 밝은 핀 조명 아래 인상을 쓰며 서서히 정신을 차린다.

1: 드디어 마지막 관문이군

2: 결국 여기까지 왔군

관객들: 나는 관객이다 나는 언제나 객관적일 것이다
　　　　룰은 간단하다 너희가 유용하다는 것을 우리에
　　　　게 보여라 너희가 우리의 갈비뼈 왼쪽의 공허
　　　　를 달랠 수 있다는 것을 증명하라

1: 우리는 던져졌다 우리는 평생 누군가를 이겨야 한다는 강박 속에 살지만 실제로 누군가를 때려눕힌 적은 단 한 번도 없다

2: 이제 어떻게 해야 하지?

관객들: 둘 중 아무나 이겨라 우리는 사방으로 튀는 피와 승리한 자의 표정이 보고 싶다

1: 이긴다는 것은 무엇인가

2: 죽지 않는 것?

1: 사는 것?(연필을 내려놓고 입고 있던 운동복을 벗어 사각 링의 로프에 가지런히 널어둔다 하품한다 눕는다 허공에서 이불을 덮는 듯한 제스처를 취한다 편안한 표정으로 눈을 감는다)

2: (어두운 관객석으로 키보드를 던지고 링 위에 웅크리고 눕는다)

관객들: 1 대 2!

1, 2: 우리를 부르지 마라

관객들: 1 대 2라고!

1, 2: 우리를 부르지 마라

관객들: 2가 이기고 있다고!

1, 2: 그래 네가 이기고 있다…… 모두들 안녕히……

　1과 2가 편안한 잠에 빠지자 화난 관객들이 한꺼번에
링 위로 달려들어 기어오른다. 먼저 오르기 위해 그들은
서로를 어깨로 밀치고 팔꿈치로 명치를 치고 정강이로 서
로의 허벅지를 세차게 짓누른다. 그러다 서로의 심기를
건드린 관객들이 저마다의 목덜미를 붙들고 싸움을 시작
한다.

기둥 세우기

메리 스튜어트는 1542년 스코틀랜드 왕가에서 태어나 열다섯 살 무렵 프랑수아 2세와 결혼하고 프랑스 여왕이 된다. 얼마 못 가 숨진 프랑수아 2세로 인해 그는 1561년 스코틀랜드로 귀국하여 여왕으로서 재기한다. 하지만 여권 통치하에 분을 품은 귀족들과의 권력 다툼에서 패하여 1568년 잉글랜드로 망명한다. 잉글랜드를 통치하던 엘리자베스는 메리와의 신경전을 벌이지만 종국에는 자신을 이해할 유일한 인물은 여성 통치자임을 인정한다. 하지만 왕위를 지키기 위해 메리를 단두대에 세운다. 메리는 절반의 생을 감옥에 갇혀 지냈으며 마지막 거처였던 포더링헤이성의 단두대 위에 목을 올린 채 죽음을 맞았다. 십자가와 기도서, 묵주 두 개를 허리춤에 찬 채였다.

차학경은 1951년 부산에서 태어나 1961년 가족과 미국으로 이민해 버클리 대학에서 문학과 예술 이론, 영화 등을 공부했으며 제3세계 여성으로서의 정체성을 기반으로 하나의 장르에 국한하지 않는 예술 활동을 시작했다. 서른두 살 되던 해 첫 저서인 『딕테』를 출간한 지 3일 후 뉴욕에서 사진작가로 일하던 남편 리처드의 작업실을 찾아갔다가 건물 관리인에게 강간과 살해를 당했다. 차학경이 1982년 6월 25일 친오빠에게 보낸 편지에 따르면 딕테의 원고를 모두 마친 후에도 여전한 생활고와 업무 과다에 시달렸고 규칙적으로 태극권을 수련했지만 정신적인 고양을 느끼기에 충분하지 못했다고 한다. 차학경은 말했다. "나는 예술을 한다, 그것이 진실이기 때문에."

※ 세번째 칸을 채우고 절취선을 따라 자른 뒤 다음 절차를 이어가시오.

세 개의 기둥을 한 점으로 모은다 하나의 기둥을 중심에 두고

다른 두 개의 기둥을 비슷한 각도로 서서히 기울인다

세 개의 기둥은 내 키와 비슷하고 더 자라거나 더 줄어들거나

멈추지 않는다

기둥의 끝에 내 사지를 묶는다

공중에서 조금 쉴 수 있다

두 팔목과 두 발목의 매듭을 믿는다

밑으로 세 개의 기둥은 전혀 다른 방향으로 뻗어나가다 하나의 점에서 한 번 만난다

교차점에 나의 척추 중앙을 가져다 대며 조금 기댈 수 있다

트리팔리움tripalium

세 개의 기둥으로 고문하다

트래베일러travailler

(세 개의 기둥으로) 고통을 주다

트래블travel

(세 개의 기둥과 세 개의 기둥을) 여행하다

세 개의 기둥 피부를 열고 스스로를 흘린다

기둥과 섞이고

기둥을 잃는다

기둥은 아는가

강에 박히는 일을

여기와 저기를 이어줄 다리를

물은 기둥을 적시고 기둥은 천천히 삭는 중

버티는 것처럼 보이지만

흡수하는 중

무르는 중

비질*

코끼리 돈다 광대 돈다

코끼리는 사과를 머리에 이고 회전한다 마지막 연습이
다 다른 코끼리가 사과를 성공하고 냉장고를 성공하고 조
련사를 성공할 때 코끼리는 광대를 본다

광대에겐 다음 단계 없었다 다리 하나 없었다 불붙은
굴렁쇠에 몸을 던지지 못하고
호랑이를 길들이지 못하고 광대는 빗자루를 들었다 관
객이 없는 천막 속에서 광대는 미래의 광대를 연기하며
청소한다

춤 춤춤 춤춤춤 춤

그의 몸을 안팎으로 뒤집는 격렬함
팔을 벌리고 도는 일 돌고 돌고 돌다가 어딘가에
픽

광대는 관객이 되어

자빠진 자신을 본다

*

코끼리와 광대가 무대에 나란히 앉고
사람들 객석으로 입장한다 코끼리와 광대가 박수로 맞
이한다

코끼리야 잘 보이니
가을에 수확한 모든 토마토를 씹다가 돌연 뿜어대듯이
웃는구나
사람들
괴상망측한 웃음소리!

사람들 코끼리와 광대가 서 있는 무대로 돈을 던진다
광대는 모르지만 코끼리는 안다 먹을 수 없다는 것이 분
명하다 광대는 두리번거리고 떨어진 돈을 주머니에 주섬
주섬 구겨 넣는다 광대의 주머니에는 작은 구멍이 나 있
고 광대가 돌 때마다 주머니에서 돈이 후드득 떨어진다

광대는 회전하며 떨어지는 돈을 본다

후드득
내가 자빠지는 것보다 재미있어?
광대는 떨어지는 돈을 흉내 내며
자빠진다
오줌이 찔끔

사람들 자지러지고 휘파람을 분다

후드득후드득
광대는 후드득 흥겹게 넘어진다

코끼리야 난 돈을 흉내 내느라 정신이 없어 저 사람들
을 계속 보렴 곧 수십 개의 눈알이 장마철 포도알처럼 툭
툭 터질 거야 그 짜릿한 순간을 놓치지 않게
날 꼭 불러 세워줘

춤 후드득 춤춤 후드드득 춤춤춤

사람들은 보지 못하고
광대는 본다

코끼리가 본다

* Vigil. 도축장을 방문해 비인간 동물이 처한 진실을 목격하고 증인이
되는 일.

보이지 않는 영사기사를 위한 매뉴얼

　미안하지만 이 극장에 관객은 없습니다. 당신이 여기서 유일하게 할 일은 시간표에 맞춰 순서대로 영화를 트는 것입니다. 쉽지 않을 겁니다. 관객이 붐비는 곳에서 때맞춰 일하는 것보다 관객이 한 명도 없는 곳에서 몸을 움직이는 것이 더 어렵다는 걸 명심하십시오. 첫번째 단편에는 지구가 나옵니다. 스푸트니크 1호가 처음으로 찍은 지구의 모습을 왼쪽으로 서른두 바퀴 오른쪽으로 서른두 바퀴 천천히 돌아가는 모습을 재생합니다. 첫 상영 날 사람들은 약간의 호흡곤란을 느끼며 옆에 있는 모르는 관객의 손을 잡거나 눈물을 흘리면서 부둥켜안았다고 하는데, 걱정 마십시오. 이후로 그런 일은 벌어지지 않고 관객들은 대체로 32분 정도 앉아 있다가 슬슬 눈치를 보며 나가기 때문이지요. 거의 일어나지 않는 일이긴 하지만 한 인간이 극장 안으로 걸어온다면 잘 세탁한 손수건 한 장과 담요, 퇴장할 때는 한 알의 졸피뎀을 챙겨 가라는 입간판을 극장 입구에 세워두십시오. 당신이 임의로 선택한 좌석이 정가운데라면 뒤쪽 중앙의 스위트스폿에 앉아도 된다는 입간판도 함께 말이지요. 그들은 지구가 한 점으로 소실되는 소리를 듣고 싶어서 우리 중 누구에게 분명 여러 번의 재생을 부탁할 것이니 최대한 한 번에 만족스러운 상영을 위해서 스위트스폿에 앉히자는 겁니다. 입간판을 보고도 자기 자리에 착석하는 사람은 그대로 두는 편이 낫습니다. 그는 아마 여러 번 그 영화를 보러 온 것이 분명합니다. 여기서 트는 영화 목록을 보면 알겠지만, 구석에서 혼자 지구의 모습을 곱씹는 그를 굳이 방해하지 않는 편이 좋습니다. 인간이 좌석에 앉았다면 여기서부터 당신의 가장 중요한 임무가 시작됩니다. 이 단계까지 올 일은 없긴 합니다만 당신이 존재하지 않음을 연기하는 것입니다. 20분 정도 암흑 속에 관객을 내버려두어도 좋습니다. 렘수면 상태에서의 꿈은 현실처럼 그럴듯하면서도 기억에 가장 잘 남기 때문이지요. 예전에 어떤 경력직 영사기사는 인간의 시야와 시선의 패턴을 분석한 빼곡한 자료를 가져온 적 있지요. 패턴의 주기를 보면서 여러 편의 영화를 믹싱하는데, 저는 그의 헌신에 놀란 적이 있습니다. 위에서 아래로 내려오는 블랙 스크린을 인간의 시력으로 감각할 수 없을 정도로 빠르게 덮었다 없애는 변주도 있었습니다. (사이렌 소리) 그건 그거고 말입니다.

다음에 준비된 영화는 (5!) 보이지 않는 영사기사입니다. (4!) 도시의 밤이 갑작스럽게 낮 두 시의 빛으로 사방이 (3!) 밝아지고 저기 하늘 위 직경 4만 8천 킬로미터의 줄무늬 유리구슬이 지구를 향해 (2!) 초고속으로 돌진하는 모습이 보이십니까? (1!) 우리에게 마지막 영화가 남아 있기를 (0!)

9번 집에서 쓴 영화 「비바리움」에 대한 리뷰

젬마와 톰은 결혼을 약속하고 살 집을 구하러 다닌다. 그중에 얼어걸린 부동산을 통해, 본인이 관심 있는 구조의 집도 아니면서 그저 '둘러보기' 위해 욘더라는 마을에 간다. 에메랄드빛 주택 수백, 수천 개가 동일한 모습으로 서 있는 마을에 젬마와 톰이 던져진다. 그 속을 나가보려 여러 방편으로 발버둥 치지만, 나갈 구석이 없다는 걸 깨달은 둘은 그냥 산다. 남자아이가 던져지면 그 아이를 키우는 둥 마는 둥 한다. 아이는 역시나 이상하고, 소리 지르고 부모를 따라 하고 비웃는다. 나중엔 남자가 그 아이를 공격하고 여자는 아이를 어르고 달래며 곁에 두는데, 그 아이를 통해서 이 미로의 원리를 깨치려고 수작이라도 부리면 아이는 성대를 부풀리며 그녀를 조롱한다. 남자는 집에 들어오지 않고 탈출을 위해 땅만 파고, 그렇게 수일이 지난다. 아이는 어른이 되고 남자는 갈수록 쇠약해진다. 여자와 남자는 결국 집 밖으로 쫓겨나고 서로가 만났던 아름다운 날들을 떠올린다. 남자는 말한다. "너와 함께 있는 곳은 어디든 집이었어." 그들의 어떤 깨달음에도 이 미로는 정지되지 않고 남자는 죽고 여자는 아이였던 남자에게 최후의 일격을 준비한다. 그 남자의 뒤통수를 몰래 갈긴 것이다. 그는 바퀴벌레처럼 화들짝 놀라 콘크리트 보도블록을 들어 올린 후 그 안으로 도망치는데, 여자도 같이 따라간다. 거기서 일어나는 추악한 사육의 현장. 여자는 그 몇 가지를 목격한 후 자기가 있던 9번 집 계단으로 떨어지고 그곳에서 죽음을 맞이한다. 남자는 여자를 들쳐 메 구덩이에 던져버리고 옷을 번듯하게 차려입은 뒤 차를 몰고 부동산으로 향한다. 그곳에서 죽어가는 직원을 처치한 뒤 그 자리를 차지하고 손님을 기다린다. 손님들은 뭔가 이상한 일이 벌어질 것 같은 예감을 무시하고 지루한 삶을 흥미롭게 만들기 위해 용기를 낸다. 사람들은 죽기 전까지 절대 다 못 볼 영화들로 둘러싸이고 조금 죽어가는 기분으로 영화 앞에 앉는다. 조금 죽어가는 기분이 살 만한 기분이 될지 완전히 죽은 기분이 될지는 영화에 달려 있다. 악의가 없는 사람들이 더 사실적인 비행기 추락 장면을, 더 고통스러운 미로 속을, 더 과감하게 벌어진 생채기를 들여다보길 원한다. 나는 죽기 전에 꼭 봐야 할 영화 목록에서 「비바리움」을 지운다. 목록을 지우는 일은 살아 있는 기분을 조금 느끼게 해줄 뿐 그 이상도 이하도 아니다.

영화 「보이지 않는 영사기사」

기사는 계속 움직인다

고사리처럼
비처럼
달팽이처럼
기사의 개처럼
분말처럼
바닥처럼
계단처럼

몇 개의 계단을 밟고 올라야만
비로소 지상에 닿는 곳에서

기사를 따라 몸을 구부정하게
허리부터 정수리까지
발끝부터 턱까지
영사되는 춤

축축한 벽을 그을리는 온기

춤은 슬펐다
춤은 외로웠고
춤은 손을 잡고 계단 아래로

축축한 공기가 춤추는 속으로 나를 이끈다

어제 마지막 친구가 죽었다

지하에서 기사와 춤을 춘다

잘 되지 않는다
물먹은 막대기처럼
지하에서 눅눅한 몸부림

폭우가 내리던 날 지하도를 건너던 버스가 잠겼고
폭염 속에서 지하철 보수공사하던 일용직이 죽었고
주차장에서 휴식 없이 일하던 아르바이트생이 죽었다

지병이 있는 사람들은 아니었다고 한다

폭염과 폭우와
폭력이 매년 있었다고 한다

나는 기사를 따라 춤추고
기사는 제목과 엔딩 크레디트를 감춘다

그는 필름을 감는 기막힌 타이밍을 안다
그는 언제 망가질까

이것은 춤을 추는 사람에 관한 영화
소리 소문 없이

물먹은 막대기처럼 춤을 춘다
돌이킬 수 없다

마지막 문제

사랑합니다고객님정성을다하는고객성공센터입니다

회사그만둬도될까?

저희도궁금해요애가왜그렇게활발하던애가저수지에서

마이스터고등학교취업률5년내내100퍼센트달성

차라리죽었으면편했을걸나는왜시발살아있어서억지로술을

걱정하지마샘이있잖아인사담당자한테전화해서얘기할게샘이

내일난제정신으로회사를갈수있을까요?

이렇게지교실지않아

살자

밑에있는걸드러냈으면한번이라도

가족때문에

부지런하게어른말잘들으며배우고공부하라고만가르쳤어요

오늘은늦게나가도돼

Q1. 가장 긴 길이의 막대와 가장 짧은 막대의 교집합은 (있다/없다). [1점]

Q2. 각 막대를 발생 시간 순으로 나열하시오. [3점]

Q3. 가장 낮은 온도의 막대가 무엇인지 찾으시오. [3점]

Q4. 최고 속도로 발전할 막대는 무엇인지 예측하고 100자 이내로 근거를 서술하시오. [5점]

Q5. 최고 속도로 추락할 막대는 무엇인지 예측하고 100자 이내로 근거를 서술하시오. [5점]

Q6. 항상성이 가장 높게 유지될 막대를 예측하고 100자 이내로 근거를 서술하시오. [5점]

Q7. 모든 막대가 x, y축으로부터 벗어날 수 있는 경우의 수와 최대 탈출 속도를 구하시오. [8점]

Q7. 당신은 위의 도표로 무엇을 정확히 읽을 수 있다고 생각하는지 서술하시오. [10점]

※ 다음 도표를 읽을 때 고려해야 할 요소는 다음과 같다. 가

로축, 세로축, 각 막대의 색깔, 길이, 크기, 깊이, 경도, 강도, 우울감, 비통함, 진실성 등등.

　※ 본 시험의 성적은 상대적이면서 절대적으로 평가할 예정이며 상대 평가 기준으로는 응시자의 출생 지역과 나이, 부모로부터의 증여재산, 본인의 부동산을 포함한 종합 재산, 학력, 인성 검사, 종합 건강검진 내역, 수상 실적, 봉사 활동 점수 등이 있으며 이를 종합적으로 반영할 예정이다. 그중 상위 10퍼센트의 응시자만이 통과할 수 있다. 합격 여부는 응시일로부터 15일 뒤 문자메세지를 통해 통보한다.

서울시립미술관에서

종이에 사각형을 그립니다
두 개입니다

두 면을 춤과 소리와 곡선으로 잇습니다
구불구불합니다

아래에 두 개의 발을 그리고
또 다른 아래에 두 개의 발을 그립니다
사자입니다

그 속에
탈을 쓴 두 명이 있습니다
사자의 탈입니다

사자의 얼굴 뒤에 건물의 얼굴이 있습니다

탈들이 있습니다
탈들이 반질거립니다

두 사람이 탈을 쓰면 사자가 달려옵니다
사자는 이따금 앉아 발을 포갭니다

그 속에
사람은 무릎을 꿇고 두 팔을 뻗습니다
다른 사람은 허리를 굽히고
사람의 허리춤에 매달려 끌려갑니다

그들 앞에 투명한 안내판이 있습니다
*이 건물은 1928년 지어진 경성재판소의 건물이다 이는
역사적 가치가 있는 건물 보존 방법 중 하나인 정면 보존
방법의 사례이다*

안내판은 너무나 투명하여
앞에서도 뒤에서도 읽을 수 있습니다

두 사람은 안내판을 사이에 두고 섭니다
사자가 아닙니다
파사드도 아닙니다

얼굴이 바뀌는 사람들입니다

글자 뒤로 얼굴이 비칩니다
글자 위로 얼굴이 덮입니다

얼굴에 얼굴 아닌 것을 씌웁니다
사람이 다른 사람의 죄명을 읽습니다

등나무 의자가 있는 정물

"이 악마 같은 등나무 의자 같으니!" 화가가 격하게 소리쳤다.

"이렇게 변덕스러운 짐승은 처음 보았다."

"그래, 날 자세히 봐. 난 생긴 그대로야. 더는 변하지도 않을 거고."

화가는 의자를 발끝으로 걷어찼다. 그러자 의자가 뒤로 물러나더니, 이제는 완전히 다른 모습이 되었다.

*

나 우기와 건기를 견디며 자랐고 뼈가 훤히 드러나게 몸이 성장하였소 팔꿈치 크게 열어 무릎을 넣고 나 우지끈 부러져 한동안 바닥에 누워 있었소 꿈인지 생신지 모르고 눈을 떠보니

서향 창문 원고 더미 갈색 축음기 북쪽에 놓인 피아노 초록색 커튼
스키와 기타
나 그 가운데 앉아 있소 평생 그래야 할 것 같소

화가가 밥을 차려 먹고 나가면 나 빈집에 홀로 글을 쓰오 낮에는 아는 화가에 대해 밤에는 모르는 화가에 대해 쓰오

낮의 화가: 제품 번호 701.581.34 천연 라탄 소재로 시간이 흐를수록 멋스러워지고 개성이 느껴집니다.

밤의 화가: (아주 오랜 정적을 깨고) 그림은 말이오 (정적) '우리는 무언가에 대해 이해하고 있다면' 이라는 숙어에서 울려 나오는 어떤 것 (망설이며) 아니오?

내가 만들어낸 낮의 화가들은 기울어 있소 다리는 온전히 붙어 있는데 똑바로 서지 못하오 한쪽 눈을 감고 한쪽 팔을 올리오 날카롭게 벼린 칼을 쥐고 세게 뻗으오 낮의 화가 1과 낮의 화가 2가 내 양 끝에 섰소 그들은 너무 눈이 부셔 나를 보지 못하오 낮의 화가들이 서로의 급소에 칼을 정확히 찌르고 피가 튀고

나는 그 가운데서 어디로도 도망갈 수 없소

밤의 화가는

*

"멍청한 의자 놈아! 너는 모든 게 삐뚤어진 삐딱한 놈이야."

신과 미술관 앞에서 만나기로 했습니다

많이 기다렸어요?
신이 묻습니다

늦지 않게 오셨어요

이어폰 줄을 길게 늘어뜨린 신은
매표소 앞에서 반듯하게 잘린 티켓을
더는 접히지 않을 때까지 접는다

괜찮다니까요

                    *

　신이시여 말해주세요 대체 왜 왜 죄 없는 자들은 죽어
가고 죄지은 자들은 그대로 살아갑니까 정의는 어디에 있
고 처벌은 어디에 있습니까*

　두 줄짜리 서문을
　한걸음에 지나치는 관객이 있고

팔짱을 끼고 비스듬히 서서
눈알을 굴리는 신

……말해주세요…… 죽어가고…… 살아갑니까…… 있
습니까
한곳에 꼼짝 않는 신을 버리고
혼자 돌아보기로 합니다

천장에는 소프트 조각**
육체를 닮은 솜뭉치가 매달려 있고
팽창하는 괴기
떨어지는 피
허공을 향해 달립니다

손대지 말라는 경고장이 무색하게
피는 바닥을 힘껏 들이받고
내 얼굴로 튀어 오릅니다

용수철***을 느끼니 용수철이 될 것만 같고

여러분 제가 여러분의 죄책감을 씻기 위해 여기 매달려
있습니다, 15분, 다채널 영상

이제 입으로 낳을 준비가 되었습니다

소프트 조각의 배를 열자
작가가 쏟아지고
그가 비명을 참을 수 없을 때까지
퍼포먼스는 끝나지 않습니다

신…… 죄…… 정의…… 처벌……

제자리에 있던 신이 손짓합니다

오라는 건지
가라는 건지 모르지만

나는 태어난 적 없는 얼굴로 말하겠습니다

늦는 건 인간의 일이잖아요

전시는
계속 이어질 것입니다

* 전시장 입구에서 하드코어 밴드 바이오해저드의 곡 「퍼니시먼트」가
울려 퍼진다.
** 이불, 「무제(갈망 레드)」, 1988, 천·솜·목재 프레임·스테인리스스
틸 카라비너·스테인리스스틸 체인·아크릴릭, 180×158×130cm.
*** "나는 내 피의 튀어 오르는 용수철로 싸웠다"(최승자, 「다시 태어나
기 위하여」, 『이 시대의 사랑』, 문학과지성사, 2020).

3부

신당역 사망 사고 관련
재발 방지 대책 아이디어 제출 양식

□ 부서 : 제◇ 영업 사업소

연번	내용	기대 효과	비고
보복의 사전적 정의: 남이 저에게 해를 준 대로 저도 그에게 해를 줌	일하다 죽을 수도 있나 일하다 죽게 되나 죽을 때까지 일하나 죽어서도 일하나	"신당역 사건은 여성 혐오 범죄가 아니다" —김○○, 여성가족부 장관	레지나 나예요 보호소에서 아이와 16일 만에 나왔어요 청소부 일 할 수 있어요 언제든 불러줘요
얘들아 행복한 해피를 봐 행복해	굽네치킨의 김굽네와 SK텔레콤 장○○은 가게 문짝 앞에서 서로 누구의 치마 길이가 더 짧은지 대결하고 있단 걸 알까	슬픔은 주머니에 넣고	유능한 공무원의 죽음 앞에서 유능한 아이디어 하나씩 유능하게 내주세요 뽑히면 뭐 줌
그때 도망칠 곳은 도서관뿐이었다 슬리퍼 뒤창이 허벅지로 구정물을 튀겼다	죄송합니다 심신미약이라 그랬습니다 우울해서 그랬습니다	존경하는 재판장님 제게 집중된 시선과 보도가 누그러지길 원하는 마음으로 선고 기일을 최대한 미뤄주십시오	늙은 남자: 호두과자 이름은 심플하게 가자 젊은 남자: 호두 왕자 어떨까요 늙은 남자: 좋다 그다음에는 임산부들이 많이 먹는다고 가짜로 막 올리면 돼

  ※ 영업 사업소별 아이디어 동참에 꼭 협조하여주시기 바랍
니다.

1460은 걷고 있다

1460은 걷고 있다 비건 레더 주문 요청에 의해 태어난 1460은 걷는 중이다 걸음을 위해 태어난 존재에게 걸음을 이해시키는 게 가능한지 모르겠으나 태어난 지 얼마 안 됐을 때 1460은 거의 모든 게 어색했다

목은 오래된 시체처럼 주변을 돌아보지 못하고 두 손은 그대로 놓는 법 없이 허공을 휘저었다

갑자기 태어나기
느긋하게 죽어가기

1460은 원죄에 가까운 이 형식을 전 생애에 걸쳐 갚아 나갈 이유를 찾지 못한다 어설프게 자신과 닮은 것이 몸 속에 들어와 덜그럭거리는 소음과 따뜻한 피로를 생산하는 것 또한

걸음을 관두고 싶을 때에서야 풀린 목은 새치기를 할 수 있는 타이밍을 기가 막히게 쟀다

피곤하니까
오늘만
새치기
하니까
피곤해지네
새치기
오늘만

누구보다 빠르게 걸었던 1460은 수십 분 동안 같은 역
사 안을 맴도는데

솔직히 말해봐요 사실 출구 없죠?

그 질문에 비건 레더 주문 요청만이 답할 수 있겠지만
요청은 수락된 후 평화롭게 마멸했다

양손을 몸통 가까이 두고 날렵하게 걷게 되었다는 사실
만이 1460의 자기 효능감을 높여주었다

사람들은 1460을 쳐다보았다 1460은 미소를 지었고 사
람들은 바삐 걸어서 새치기했다

1460은 또 한 번 미소를 날렸다 걷기 위해 태어난 걸음
과 길게 이어진 도로가 그의 볼을 실수인 척 번갈아 때렸다

『인간실격』을 읽는 당신 앞에서

잠실 하늘입니다 예약 도와드리려고 전화했어요 원하는 선생님이 있으신가요?

아니요 원하는 선생님이 있어야 하나요?

아니요 여자 선생님으로 금요일에 잡아드릴게요

지하철
반대편 사람은 『인간실격』을 읽고 나는 다자이 오사무를 디제이 오사무라고 발음한다

부끄럼 많은 생애를 보냈습니다 저는 인간의 삶이라는 것을 도무지 이해할 수 없습니다
외웠던 문장이 떠오르고
처음 본 당신이지만 어디에서 그 문장을 읽었습니까?

저는 화장실에 붙여놓고 아침마다 읽습니다
페이지를 조각낸 다음 바닥에 오줌을 누며 읽습니다
금요일 잠실 하늘에 갈 때도 읽을 것입니다

『인간실격』을 읽는 당신 앞으로
파나소닉 DW300을 목에 건 오사무가 비트에 맞춰
왼발 오른발 왼발 오른발 스텝을 밟고

평소에는 아무렇지 않던 일들이 괴롭고 귀찮게 느껴지
나요? 거의 대부분
방을 놔두고 거실에서 생활하나요? 자주
살생 없이 단 하루도 살지 못하나요? 거의 대부분
병에 걸리는 취미가 있나요? 자주

거의 대부분 자주 턴 턴 하며 돌아가는 인간들아 밀지
마 제발 여기 내가 있어
다음 역은 미러볼 미러볼
인간들은 앞을 보고 지하철 진동에 맞춰 몸을 흔든다

디제이 오사무의 타이틀 곡「동반 자살」이 흐르고
혼자서만 세상을 떠난 파트너를 위한 진혼곡

디제이 오사무, 하며 웃을 수 있는데 나는

오늘 저녁
도토리묵을 자르다가 그 문장을 떠올릴 것입니다

구름을타고구름을타고구름을타고구름을타고

멀리
잠실 하늘로

결벽증과 미화원

— 분간할 수 없잖아 여기 모터가 돌아가는 소리인지 목쉰 놈이 우는 소린지 흰 내 이름 고작 이름 따위에 히읗이 두 번 들어가서 내가 높게 날게 할 거라고 했지 하지만 날개가 버거울 거라고도 했지 작명소 간판으로 무당집 천왕기를 가린 인간이 그렇게 말했다고 했지 흰이라고 대체 누가 그따위 이름을 지어 그래 지금 가고 있어 빌어먹을 거의 다 왔다고 몇 번이나 말해 일찍 와서 주변을 배회하다가 오줌이나 줄줄 흘리면서 집에 들어가는 일은 이제 없어 없을 거야 가는 중이야 몇 정거장 안 남았어 난 *카아악 카아아악* 저 소리가 싫어 새벽에 아니 새벽이랄 것도 없지 초저녁에라도 돼지 등뼈와 소주가 뒤범벅된 내장에서 나는 냄새 그 엿 같은 냄새를 풍기면서 들어오는 인간 그래 인간들 흰 그래 흰이라는 이름 지긋지긋해 목구멍 끝에서 엉겨 붙은 걸쭉한 가래 칵칵 짧게 불편한 소리를 내다가 지하철에 타기 전에 그래 그전에 뻑뻑 피운 담배가 그제서야 생각나는지 깜박하고 뱉지 못한 모든 것을 떠올리며 *카아아아악* 하고 가래를 길어 올리는 그 소리 그 소리 그 소리 나는 메슥거리고 내 작은 뇌는 은근한 가스히터 위에 올려놓은 것처럼 부패하고 있어 그래 인간의 내장에서 나는 냄새보다 더 고약한 냄새를 풍기며 익어가고 있다고 흰 또다시 목쉰 놈이 우는 소리가 들리는군 설 자리라고는 내 두 발을 건사하고 있는 이 좁디좁은 리놀륨 바닥 철도원이 정신 빼놓고 있다가 앞차 간격을 잊는다면 어떨까 그래 그게 지금이다 급정거하는 저 인간 그래 인간들 흰 흰 *카아아아아악* 그래 이제 모든 걸 게워낼 때야 지금 모든 걸 그래 이제 모든 걸 길어 올렸어 퉤 한 번이면 돼 한 번으로 이제 그만 모든 길어 올림 끌어올림을 멈춰줘 저 자식 왜 수첩을 꺼내는 거야 설마 저 수첩에서 찢은 하얗고 고운 종이에 가래를 모조리 쏟아 뱉으려는 건가 대체 저따위로 큰 배낭 속에 풍부한 가래를 모조리 감싸줄

128

천 쪼가리 하나도 아니 휴지가 제발 있었으면 좋겠는데 그래
흰 흰 정신 차려 저 작고 여린 종이 위에 유동적으로 존재감을
풍기는 연두색과 누런색 어느 사이에 있는 액체가 간신히 붙
어 있다가 지금은 길게 그래 길게 사랑을 구하러 가는 타잔의
줄처럼 누군가 젠장 매달려야 할 것처럼 늘어지고 있다고 늘
어지고 있어 넘치고 있어 흰

결국 흰 목적지를 지나쳤다
모두가 사라지고
찢기고 축축한 종이만 남았을 때 흰 종이를 주워 마지
막 정거장에서 내렸다

사위는 조용하고 흰 더는 집으로 돌아갈 방편이 없었다
날을 지새운 흰이 첫차를 탈 때가 되자 종이는 말라 있
었다

그에게 누렇지만 아무렇지 않은 종이가 생겼다

출근길
흰 넥타이를 맨 사람들
흰 바닥과 함께 빛났다

지하철에는 빛나는 자동문이
천국의 그것처럼 유유히 열렸다 닫혔다

흰 넥타이를 매고 흰 면사포를 쓴 직원들이 차례로
들어가거나 나오는 중이었다

흰 웃음
흰 입꼬리

자동문은 속력을
기분 좋게
높이고

사람들은 속력 속에서
앞으로의 속력을

희미하게
느끼는 중이었다

하지만 순식간에
누구의 소행인지 모를 정도로 순식간에
자동문이 멈추었다

카아아아악
소리 내는 빛나는 생물
안에 하얗게 질린 사람들이 처음에는 당황했으나
각 부위를 맡아 찬찬히 들여다보기 시작했다

문제는 작지만 두툼하게 접힌 쪽지 때문이었다

To. (누런 얼룩)

자동문이 멈추었을 때 해결법:
문에 낀 것이 없는지 확인하시오
낀 것을 제거하고 자동문 하단의 판을 열어 재부팅 버튼을 누르면
다시 움직일 것이다

자동을 멈추고 싶을 때 해결법:
(누런 얼룩)

From. 흰

아래를 보시오

것

더 새로운 것

더 새로운 것 더 새로운 것

더 남다른 것 더 남다른 것 더 남다른 것

더 특별한 것 더 특별한 것 더 특별한 것 더 나다운 것

더 나다운 것 더 나다운 것 더 색다른 것 더 색다른 것 더 색다른 것

더 갱신한 것 더 갱신한 것 더 갱신한 것 더 미적인 것 더 미적인 것 더 미적인 것

더 멋있는 것 더 멋있는 것 더 멋있는 것 더 고귀한 것 더 고귀한 것 더 고귀한 것 더

극적인 것

극적인 것

극적인 것

극적인 것

(긁적)

2022년 11월 29일에서 30일로 넘어가는 새벽 기온은 낮보다 20도 가까이 떨어지며 기습 한파가 닥쳤습니다. 극단적인 날씨가 새로운 표준이 되어가고 있습니다.

(중략)

들이쉬고

내쉽니다

들이쉬고

내쉬세요

꼬리뼈 단단하게 바닥에 딛고 척추뼈 하나씩 들어 올립니다 꼬리뼈 아래 등뼈

배꼽 아래 뼈 배꼽 밑에 뼈 갈비 아래 뼈 갈비 중앙 뼈 가슴뼈 가슴 위 뼈 쇄골 뼈

다 들어 올렸다면 다시 위에서 하나씩 내려놓습니다 아니죠 아니죠 지금보다

천천히 천천히 한량이다 생각해봐요 아니죠 더 천천히 느리게

고장 난 것은 천천히 움직일 수 없어요 조종이 안 되니

너무 많이 쓴 것은 근육이 헐어 있거나

너무 안 쓴 것은 헐거워집니다

하얗게 뭉쳐 있어

아주 천천히

마지막

숨

위를 보시오

테라 인코그니타*의 개

마을을 돌아다녀도 당신이 모두를 쫓아낸 건지 모두가 당신을 쫓아낸 건지 알려줄 이 없습니다

마을이 길을 잃은 것일 수도 있지요 자신이 낳은 길을 키우기 위해 길을 내친 마을을 돌아봅니다 가로등이 하나씩 망가집니다 어떤 것은 눈이 멀 정도로 밝아지고 어떤 것은 점멸

어둠 속에 있다면 보이지 않는 것은 보지 않기로 합니다 다만 당신은 냄새를 맡을 수 있고
찾아야 한다는 마음이 당신 앞에 우두커니 서 있다면 모른 척 지나치지 않습니다

그를 눕히고 데칼코마니처럼 코를 마주 댑니다 맞닿은 구멍은 서로의 미로가 되고 들숨과 날숨이 구애의 춤을 춥니다
서로가 보이지 않지만 무언가 찾은 느낌입니다

그저 알아차린 냄새

당신의 조바심이 사타구니를 물고 늘어진다면 호흡에
집중합니다 크게 숨을 들이쉬었다가 내쉬면서
고개를 아래로 떨굽니다 네발로 딛는 것에 익숙해집니다

흔들려도 괜찮습니다

지금 여기에 망가져 있습니다

두 발로 서는 것은 원래 어렵고

배꼽을 미래형으로 회상하면 그로부터 길이 자라날 것
입니다 태어나자마자 잃어버린 줄 알았던

그곳에 잠시 머무르세요 몸과 싸우지 않습니다 호흡에
따라 발을 움직여 길을 따라갑니다
손가락을 쫙 펴고 엎드립니다 다리는 골반 정도로 벌리고

개가 기지개를 펴듯이

다운 독**

* Terra incognita. 옛 지도에서 '미지의 땅'을 가리키는 라틴어.
** Down dog. 요가의 한 동작.

공원과 공장

조지가 30분이나 늦게 합류했을 때 무어는 카페에서 시간을 죽이고 있다. 르네는 연락이 닿지 않는다.

"왔네." 무어 말한다.

"산책 갈래?" 조지 묻는다.

"그래, 르네는 연락이 없어." 무어 공원 방향으로 몸을 튼다. 조지 따라간다.

"오겠지, 뭐. 근데 장마라더니. 비 한 방울 내리지 않네. 해나 실컷 봐야지. 앞으로 보기 힘들 텐데." 무어 인상을 찌푸리고 해를 응시한다.

"햇빛은 아직 세금 안 내서 다행이다." 조지 말한다.

"나 오늘 기막힌 면접을 제안받았어." 무어 해를 응시하더니 한쪽 입꼬리를 올리며 웃는다.

"너한테? 면접? 대체 무슨 일?"

"공장이랑 공원을 왔다 갔다 하는 일."

"컨베이어 벨트 앞에서 눈알 붙이는 일?"

"사람들 눈에 안 보이는 공장을 공원 안에 지을 거래." 무어 계속 말한다.

"공장? 사람들이 싫어할 텐데." 조지 묻는다.

"내 업무는 공원을 걸어 다니면서 공장이 보이는지 안 보이는지 확인하는 일이래. 공원을 걷는 사람들 입장에서."

"다른 사람들 모르게? 그게 가능해?"

"다른 사람들이 몰라야 공장이지, 요즘은."

조지 고개를 끄덕인다. "너는 공원에서 공장만 예의주시하며 걷는다, 이거지."

"지나가는 사람 열 명한테 물어봐도 열 명 모두 그 공장에 다니고 싶다고 말할걸?" 무어 말을 가로챈다.

"그래서, 다니기로 했어?" 조지 대답은 듣지 않고 "아, 나도 취직해야 하는데. 너무 쉬었다. 나도 너 따라서 공원 다니면서 운동이나 해야겠다. 일자리 생길 때까지 체력이나 길러야지."

"공원에 공장을 만든다고. 공원 안에 숨길 게 따로 있지……" 무어 손차양을 만들어 해를 가린다. 인상을 찌푸린다.

"한 달에 얼마나 준대? 휴가는?" 조지 묻는다.

"공원이잖아." 무어 점점 느려진다.

"집에서 멀어서 그래?" 조지 묻는다.

"다른 건 안 궁금해?" 무어 갑자기 뒤돌아서 묻는다.

"어? 르네다! 뭐야, 쟤! 우리 약속은 까맣게 잊고 산책

이나 하고 앉아 있었네." 조지 저 멀리서 느리게 걸어가는 르네를 가리킨다.

"공원……" 무어 말끝을 흐리며 너무 멀리 있어서 잘 보이지도 않는 르네에게 힘없이 손을 흔든다.

"나가! 이 공원에서 나가!" 르네 손을 저으며 무어와 조지를 향해 크게 소리친다.

"그래! 좋아! 조금 더 걷자! 르네 저 녀석 공원 엄청 좋아하네. 저기로 좀더 걷자." 조지 먼 곳을 가리킨다.

"미안한데 난 좀 쉬어야겠어." 무어 말한다.

Cul-De-Sac
— 늘 그렇듯 당신이 할 수 있는 한 최고의 속도로 읽을 것

쿨데삭으로 읽었는가 퀴드삭으로 읽었는가 그도 아니면 컬드색? 이는 굉장히 중요한 의제이자 기준이자 이 시를 읽을 자격 요건이다

우리 모두 퀴드삭으로 올바르게 읽었을 것을 상정한다 우리는 미국에 한동안 살았거나 휴가 때마다 유럽을 방문하여 이 표지판을 자주 목격했고 이것이 보이면 곧 고급 전원주택 단지에 들어설 것이며 먼저 들어온 차가 우선으로 진입하는 로터리가 진행됨을 예측하고 있다 우리가 이 단어에서 매력을 느끼고 이 단어로 뭐든 써보고 싶은, 작가라는 직업을 가졌다고 치자 작가는 한 사람의 배경을 만화경 보듯 선연히 알려주는 이 단어가 매력적이고 자신의 시를 읽는 사람이라면 이 정도 단어를 알고 있기를 자연스럽게 원할 것이다

퀴드삭 막다른 길 이제부터 길 없음 백야드가 일반 주택보다 많이 확보되어 일대의 집값이 평균 이상을 훌쩍 넘는 동네

작가는 이 모든 이미지가 마음에 들 것이다 인생을 막
다른 길에 비유해보거나 한 길로만 통하는 로터리에 대유
해보기도 할 것이다 작가는 일주일 내내 브런치를 즐기며
퀴드삭을 마주할 것이고

막다른 길 없는 길 진행할 수 없는 길 수려한 건축 공법
으로 지은 전원주택보다 막다른 길이 머릿속을 황홀하게
지배하는 것을 느낄 것이다 작가는 꿈에서도 퀴드삭을 볼
것이다 어머니가 있었죠 제가 스니커즈 두 켤레를 어깨에
메고 있었고 어머니는 제 앞에서 길을 안내하셨습니다 대
로변을 건너서 작은 오솔길로 저를 인도했어요 조금 걷다
보니 길이 끊겼죠 그 너머로 상상도 하지 못한 바다가 펼
쳐졌어요 칠흑 같은 밤바다에 노란색 달이 떴어요 바다와
하늘이 서로의 경계를 허물어뜨리며 온통 짙은 푸른색이
되어가고요

작가의 팬들은 오솔길의 막다른 길 끝에서 드넓은 바다
가 펼쳐졌다는 부분을 특히 좋아할 것이다 강원도 양양
바다에는 이 문장을 박은 포토 존이 설계될 것이다 유럽

이나 미국에는 한 번도 가본 적 없지만 휴가마다 강원도
를 찾는 사람들의 얼굴 사진과 작가의 문장이 적어도 3년
이상 여름의 피드를 장식할 것이다 예상했겠지만 그의 시
집은 광화문 교보문고 베스트셀러 가판대에 오를 것이고
이로써 또 한 명의 스타 작가가 탄생할 것이다

아이디어 라이더

상자 하나를 연다

벌레 하나가
기꺼이
상자 중앙으로 걸어 나온다

가장 긴 두 다리를 접어
중산층 이상의 가정에서 가르치는
순서와 속도로
천천히 인사한다

안녕하십니까……
수고가 많으십니다……

벌레의 노고를 높이 산 나는
그를 인간이라 부르기로 한다

인간

인간 한 마리가 독백을 시작한다

상자 제목, (긴 휴지) 아이디어 회관

이곳은 일찍이 관아 형식을 좇다가 콘크리트가 모자라
사찰 형식으로 지어진 공간이오
산속 깊은 좁은 땅에 지어야 했기에 디귿 형태이지요
드높은 권세로 혁명적인 공간을 짓고자 했던
건축업자는 뽑아내려던 것이오
최고의 효율을

절의 새로운 주인이 들어설 때마다 이곳 중앙에 새로운
황동 부처를 놓았다오
그곳에 남다른 기운이 있었다나
지금 여기를 찾는 대부분은 이 사실을 모르오 보다시피
절간이었던 회관일 뿐이오 그들은 우연히 한 좌표에 접하
면 기막힌 아이디어 하나가 머리통을 때린다고 난리오
그들은 짜릿한 통증을 잊지 못하고
박스 테이프로 표시해뒀는데

그곳에 앉았던 황동 부처의 소행일지
날이 밝으면 테이프는 감쪽같이 없어진다오

하지만 이곳을 찾는 이들은 실망하는 법이 없지
부처가 그러하듯 테이프 자국이 없을 뿐
이 회관 한 군데에 반드시
반드시
뒤통수를 칠 짜릿한 통증이 있을 거라나

회관을 사방팔방 헤집고 다니는 저이들은 꼭
벌을 받는 모습이오

독백을 마친 인간이
제 머리 위 펼쳐진 상자의 날개를 접어 내린다
혼자서는 역부족인지 다른 인간의 도움을 받는다

인간이 테이프가 뜯긴 사이를 비집고 나온다
두 마리의 동료와 함께이다

너희는 날 수 있구나
날 수 있다면 좋을 텐데

        인간 1: 우리는 다리를 선호합니다,
    너무 빨리 날면 영혼이 달아나는 기분이 들거든요
인간 2: 다음은 걷는 즐거움에 대해 보여드리려 합니다
    인간 3: **상자 제목, (긴 휴지) 가능한 한 더 빠르고 더**
                많은 아이디어

세 마리는 물에 젖은 상자 앞을 서성이더니
아직 열지 않은 상자 위에 다닥다닥 앉는다

상자는 화려한 모양이다
마을의 지도가 그려져 있다

            인간 1: 치킨집에 가자
          인간 2: 초밥집에 가자
         인간 3: 돈가스집에 가자

아니지 그게 아니야

1은 치킨집 닭 튀기는 시간 15분

2는 떡볶이 픽업 3분

1은 다시 치킨 픽업 5분

3은 초밥 픽업 5분

1은 성공빌라 401호 배달 8분

5는 돈가스덮밥 픽업 3분

2는 석관동 사거리 배달 9분

6은 매소루 짜장 1 짬뽕 1 픽업 10분

3은 사나운 치와와 기르는 열린 슈퍼

픽 픽 픽 배 픽 배 픽!

인간 1, 2, 3: 우리들에게는 4도 5도 6도 없소

아직 열지 않은

맛집 지도가 그려진 상자를 바라본다

— 쿠폰을 *빵빵*하게 주고 없는 물건이 없는

대단히 빠르고 편리한 —

지금은 새벽이고

모르는 사람의 문 앞에

찌그러진 종이 박스, 박스 테이프를 떼다 만 종이 박스,

보냉 박스와 함께 누워 있다*

배 아래가 끈끈하다

엎드린 채로

인간 4, 5, 6: 상자 제목, (더 긴 휴지) 취급 주의

조심히 다뤄주세요

머리 위 펼쳐진 상자의 날개를 접어 내린다

* 2023년 10월 13일 새벽 4시 44분께 경기도 군포시 한 빌라 복도에서
쿠팡 퀵플렉스 노동자 박아무개(60세) 씨가 이미 숨진 상태로 발견됐다.

149

Dummy No. 1

— 캔버스 위 15개의 구멍, 다회성 퍼포먼스 영상「환촉」
(60min), 40×164cm

　작가는 유년 시절부터 본격적인 미술 작업을 시작한 청
년기까지 행성 사회로부터 자주 박해받은 자신의 예술적
자아를 소환한다. 행성 시스템은 특정 개체 감소를 위해
행성환경연대 1세대 활동가였던 작가와 그의 동료를 호명
했으며 초기 협업을 통해 작가는 더미 시리즈 작업에 착
수했다고 알려진다. 렉투라리우스 사조라고도 불리는 작
가와 그의 동료들은 거주지를 바탕으로 설치와 대형 회화
작업을 주로 선보였다. 그중에서도 이번 시리즈는 외부에
첫선을 보이는 작품으로써 렉투라리우스 사조의 최신 경
향을 골고루 보여준다. 유리 큐브 안에 전시된 약 164cm
의 대형 캔버스는 단백질과 여러 유기체의 합성물로 만들
어졌다. 작가는 자신의 몸보다 약 3천 배 거대한 캔버스
를 길가다 우연히 발견했으며 이를 미술적 토대로 삼겠다
는 결심을 하기까지 그리 오랜 시간이 걸리진 않았다. 재
료적 실험을 연이어 성공해온 그답게 작가는 캔버스 위
를 직접 기어다니며 입으로 물어 연조직을 해체하는 방식
의 퍼포먼스를 선보였다. 작가의 요청에 따라 퍼포먼스는
소리와 진동이 가장 낮은 심야 시간에 진행했으며 이러한
조건 탓에 첫 퍼포먼스의 방문객은 작가 외에 아무도 없

었다고 전해진다. 다만 퍼포먼스가 조금씩 알려지기 시작하면서 새벽녘을 지나 해가 뜰 무렵엔 관람객이 인산인해를 이루곤 했다. 다음은 설치 작품과 다회성 퍼포먼스 이후 작가가 작품에 이입하여 적은 작업 노트이다.

빵에만 시를 쓰는 시인

• • •••

암시하기 위해 걷는다
생존하기 위해 걷는다
절멸하기 위해 걷는다

• •• • •

날씨가 날씨이기를 멈추게 하고
세상이 세상이기를 멈추게 하고
빵이 빵이기를 멈추게 하는

• • • ••

그런 시를 데려오리라

크리스마스

한 여자를 보았다
수도사다
풀 먹인 깃을 풀어 헤치고 그는 골목을 걷는다

어제 그는 무릎 꿇은 사람들에게
와인을 입에 조금씩 따라 주었고

새벽
남은 와인을 병째 품고 나와 코르크를 열고 자기 입에
들이붓는다

콸콸
걷는다
마신다
비틀거리고
마신다
비틀거리고

여자는 입가에 흘린 와인을 미사복으로 아무렇게나 닦

는다
　병을 머리 위로 높이 들고
　비명도 울부짖음도 감탄도 아닌
　소리를 낸다

　저는 신념을 잃었습니다
　당신의 피를 마시고 배설했습니다

　여자는 피와 와인과 눈물을 조금씩 흘리며 좁아지는 골
목을 따라 걷는다 좁아지는 골목이 그의 뒤를 소리 없이
밟는다

　그 여자 미사복의 마지막 단추를 풀고 튀어나온 늑골에
눈을 맞는다

　태어난 날
　죽은 날
　태어난 날
　죽은 날

골목으로부터 횃불을 든 마을 사람들이 걸어 나온다 그
여자를 따라 걷는다

여자아이
남자아이
허리가 굽은 노인
나이 든 여자
다리를 다친 부랑자
팔을 잃은 소녀
어제 태어난 아기
죽어가는 아기

여자는 골목을 지나 마을이 굽어 보이는 가장 높은 절
벽으로 오른다

눈앞에 멈춰 선 여자는 눈과 흙을 두 손으로 퍼서
얼굴을 묻는다

아침에 세수하면 새 삶을 얻은 기분이었습니다
세수가 길어질 때 예고된 무덤을 느꼈습니다
봉긋하고 비밀스러운 얼굴이었습니다
저녁까지 지키지 못했습니다

무덤에 누가 누워 있나요?

환상적이지 않습니다
이 모든 것이 말입니다

여자아이
남자아이
허리가 굽은 노인
나이 든 여자
다리를 다친 부랑자
팔을 잃은 소녀
어제 태어난 아기
죽어가는 아기

횃불을 든 마을 사람들이 여자를 따라서 한 사람씩
절벽으로 몸을 던진다
박자에 맞추어 반짝이는
전깃불

다른 창을 켤 수 있을까?

안녕 (다른 창 켜기) 1년에 내리던 비가 한 달 만에 왔습니다 1년 후 이맘때는 2년 만에 내릴 비가 2주 만에 올 것입니다 확률은 (다른 창 켜기) 잘 지냈니 먼 곳에서 연락하니 더 보고 싶다 요즘 사귄 내 친구는 소음을 측정하는 일을 해 친구는 심야 시간을 골라 소음을 접수한 사람을 만났대 밤에는 소음 측정의 순도가 높아져서 좋대 내 친구는 오래전부터 고요한 밤을 좋아했어 (다른 창 켜기) 98.7퍼센트 현재 도시 전역의 댐과 지하 관개로 체적 a 용량 초과 1일 후 도심 침수 시작 댐의 종류 b 높이 추가 건설 필요 (다른 창 켜기) 나는 요즘 일이 잘 안 맞아 예전처럼 너와 저녁을 함께 먹으며 이런저런 이야기를 할 수 있다면 어땠을까 (다른 창 켜기) 한국은 세계에서 태양광과 풍력발전이 석탄과 가스발전보다 비싼 몇 안 되는 나라 중 하나다 (다른 창 켜기) 내 친구는 소음 신청인의 첫인상만 보고도 소음이 어느 정도인지 알 수 있었대 초보 신청인은 매일 들렸던 소리가 그날만 안 들릴까 봐 초조하대 전문 신청인은 소음 측정기를 자기가 직접 여기저기 갖다 대본대 (다른 창 켜기) 미국과 캐나다, 중국과 영국은 풍력이 가장 쌉니다 (다른 창 켜기) 여러 신청인 중에서도 가장 만나고 싶지 않은 신청인이 있었대 초보인지 전문가인지 알 수 없지만 현장에 소음과 같이 주저앉아 있는 사람들이래 (다른 창 켜기) 도시의 1일 물 소비량은 수자원 총량의 3배가 넘었습니다 (다른 창 켜기) 그 사람들은 내 친구가 장비를 꺼내 소음을 측정하기 시작하면 울거나 화를 낸대 두 가지 경우뿐이래 (다른 창 켜기) 13개월 뒤부터 매해 5천 명의 사람이 물을 넉넉히 쓰지 못해서 매일 괴로움에 시달릴 것입니다 (다른 창 켜기) 내 친구가 동작이 신중하고 느린 편이긴 하지만 데시벨이 높을 거란 확신이 들면 묘한 감정을 억누르지 못해서 동작이 느려진대 느려지고 느려지다가 누가 전원을 내린 것처럼 풀썩 앉게 되는 거야 그러면 신청인들은 자신의 고통을 이해하기는커녕 지속시키는 친구를 보며 울거나 화를 내게 되는 거지 (다른 창 켜기) 올해 지구 표면의 온도가 최고점을 경신했습니다 (다른 창 켜기) 친구를 굼뜨게 만든 이유가 궁금하지 않니? 네게 보낼 수 없는 메일을 쓰고 있자니 꼭 같이 저녁 식사를 하며 이야기를 나누던 그때 같아서 좋다 (다른 창 켜기) 모 대학 연구소는 도시의 불투수 면적이 지구의 물순환을 억제한다고 발표했습니다 (다른 창 켜기) 말하는 것만으로 위로받는다는 걸 그때는 왜 몰랐을까 (다른 창 켜기) 30년 뒤 전 세계인의 80퍼센트 이상이 도시에 살게 될 것입니다 (다른 창 켜기) 친구는 일정 데시벨 이상의 소음을 확인하고 신청인들에게 고통스러우셨겠네요 하고 말했대 신청인들은 친구에게 다음 단계의 조치를 부탁하고 친구는 꼭 그러겠다고 말했대 신청인들은 고마운 마음에 친구의 두 손을 움켜쥐려 팔을 뻗곤 했는데 친구는 마다하고 조용히 현장을 빠져나왔대 소음을 일으킨 원인을 찾아야 했기 때문이지 친구는 소음을 만들어내는 자를 기필코 찾았대 (다른 창 켜기) 주요 국가들은 해수면 상승을 전적으로 돌파하기 위해 댐과 장벽을 더 높이 쌓고 있습니다 (다른 창 켜기) 그자를 찾아간 친구가 할 수 있는 말이 하나 있었대 (다른 창 켜기) 해수면 상승을 (다른 창 켜기) 친구가 죽기 전 예약 발송한 메일에 써 있었어 (다른 창 켜기) 주의해주세요 경고합니다

4부

벽돌공의 벽돌벽*

나는 오래전 〈핀과 제이크의 어드벤처 타임〉에서 제이
크가 벽돌로 변해 캔디 왕국을 오랫동안 관찰하는 일화**
를 시청한 적 있다

나는 오늘 벽돌로 변한 제이크를 떠올리면서
제이크가 알맞게 들어갈 새 벽을 설계하기로 했다

(나는 제이크에게 선물을 주고 싶었다)

바닥부터 벽돌을 일렬로 그렸다
다음 줄은 약간은 비껴서 벽돌을 그렸다

그다음 줄에서 한 칸을 비우자
한 칸을 비우자
한 칸

여기가 적당하겠군

한 칸을 비우고 벽돌을 그렸다

정말 벽돌을 쌓는 기분이 들었다

삐뚤빼뚤하지만 볼 만한
벽돌벽이었다

하지만
벽이었다

구멍을 그렸는데 보이지 않았고
제이크는 들어갈 곳이 너무 많거나 없거나 잃어버린 것
이다

벽 도안을 받은 제이크가 문자를 보낼 것이다

"⊠"

나는 그것을 최신 휴대전화로 바꾸고 나서야 보게 될 것이다

　제이크가 자신의 허망한 눈을 찍은 셀피를

아주 오랜 시간이 지난 뒤일 것이다

깨진 픽셀이 만들어낸 눈 사진에는 동공이 없을 것이다

동공 없는 눈에 대한 늦은 답장(벽돌을 쌓듯이 읽어줘)

　처럼무 너져내 리는벽 돌벽의 벽돌하 나가되 고싶어
　져너를 위해새 벽돌벽 을만들 고싶어 제이크 나도너
　곳이야 아마도 깨진벽 에들어 가겠다 던네용 기가멋
　렇게디 자인했 다대체 빈틈이 보이지 않니모 든게빈
　어아마 도모두 막힌것 같지만 아니야 아마도 그래이
　의자리 너만의 자리가 어디든 널위한 곳을만 들수있
　조용히 오랫동 안세심 히살피 다보면 나타날 거야너

나는 곧 제이크의 마음에 드는 벽돌벽을 그릴 수 있을
것이다
곧 벽돌공을 그만둘 수 있을 것이다

나는 조금의 눈물을 소매로 닦으며 〈핀과 제이크의 어
드벤처 타임〉 21화를 틀었다

* Bricklayer's Block. '벽돌공의 폐색'이라는 거창한 의미가 있는 관용
어로 벽돌을 창의적으로 쌓을 수 없거나 조적 능력이 저하된 상태를 말
한다. 벽돌공은 자신이 벽돌을 쌓기도 전에 거대한 벽돌 구조물에 서 있
는 듯한 황망한 감정을 느낀다. 더불어 단 한 개의 벽돌도 들 수 없을 정
도로 못갈래근과 요추 4, 5번 그리고 천골 등 주동근에 급작스러운 마비
를 동반한다. 증상이 시작되면 95퍼센트 이상의 벽돌공이 마치 무언가를
들어 올리려는 자세로 짧게는 1~2초, 길게는 20년가량 멈추어 있게 되
는데, 이때 특별한 생각 없이 멍때리기를 관할하는 '기본 모드 네트워크
(DMN, 전두엽 피질, 대상 피질, 측두엽, 두정엽)' 영역이 과하게 활성화된
다. 장기간의 증상을 겪는 벽돌공들은 자신의 직업을 그만둘 수밖에 없
으며, 이들의 병리 후 생활을 추적한 결과 대다수의 벽돌공이 굽은 자세
로 책상에 앉아 있는 벽돌 설계자로 복귀했다. 다만 이들이 구상한 설계
도는 벽돌의 조적 방식이 너무나 기이하고 추상적이라 실제로 제작하려
는 벽돌공이 거의 없었으며, 결국에는 생계유지를 할 수 없는 지경에 이
르게 했다. 안타깝게도 이들은 책상에 앉은 자세로 고독사하거나 그도
아니면 소수의 독자만이 좋아하는 작가가 되어 더 적은 급여로 생을 연

166

명하다 삶을 등졌다고 전해진다. 벽돌공의 벽돌벽 증상을 겪은 이들의 완치 사례도 충분히 있으며, 일부 팬들은 이 증상을 겪은 이들의 이야기를 수집하기 위해 혈안이다. 그들은 대체 왜 이들의 저작을 광적으로 모으려 드는가? DMN이 과하게 작동된 뇌로 쓴 이야기는 보통 대마초 한 개비에 들어 있는 테트라히드로칸나비놀의 함유량과 맞먹는 환각 효과가 있기 때문이다(* 공공 보건의 목적으로 해당 사실은 이 임상 보고서를 읽는 즉시 폐기 처분하길 바란다).

** 시즌 6, 20화 '벽돌 제이크' 편.

환상 솔레노이드

송은 실험을 위해 무거운 이불을 가져오며 선에게 말했다 이봐 이불을 겹겹이

꼼꼼하게 둘러야 하네 선은 송의 말이 떨어지기 무섭게 실험체에 이불을 둘둘

둘렀다 송은 팔짱을 끼고 가만히 바라봤다 송은 하얗게 미끄러지는 실험용 가운을

입는 것을 좋아했다 아무도 눈치채지 못하도록 그 촉감을 온몸으로 느끼기 위해

가끔 입어야 할 속옷도 입지 않았다 선은 실험체의 머리부터 발끝까지 이불을 두

르고 실험실 암막 커튼을 열어젖혔다 자외선 A, B, C가 기다렸다는 듯 달려들고

송은 선의 그림자 뒤로 숨었다 선은 따갑지만 부드럽게 피부를 핥는 고양이 혀가

떠올랐다 묵직한 고양이는 어느덧 선의 양 무릎에 올라와 앉았고 갸르릉거리는

목울대를 연신 선의 팔목에 가져다 댔다 선은 그만 깜빡 졸고 말았다 송은 보란

듯 선의 의자 다리를 툭툭 차며 말했다 선, 당신 그런 식으로 하다가 제대로 된 실

험 하나 못 끝내고 여기서 쫓겨나면 어쩔 건가? 송은 발에서 정강이와 허벅지로

전해지는 진동 덕분에 가운의 미세한 융털까지 느낄 수 있었다 선은 무릎에 앉은

푸짐한 고양이 엉덩이를 쓰다듬으며 햇빛을 너무 오랜만에 받아서 잠깐 현기증이

일었네요, 변명한다 선은 손가락 사이사이로 감기는 뭉근한 고양이 털을 송은 목선

부터 어깨, 가슴, 복부로 찰랑이며 떨어지는 가운을 선은 느리게 눈을 감는 고양이

송은 하나의 요철도 없이 몸의 곡선을 그대로 따라 감기는 가운 선은 고양이 송은

융털 같은 가운 선 졸려 송 만지는 송 불현듯 자리를 박차고 일어났다 젠장 대체

시간이 얼마나 지났나 실험 시간을 훌쩍 넘겨버렸잖아 선은 아득한 정신을 이리저리

주워 담으며 실험체를 향해 뛰어갔다 실험대에 연결된 활력 징후를 체크하던 선이

바닥에 풀썩 주저앉았다 송은 뒤따라 달려와 선의 어깨를 부여잡고 탄식했다 맙소사

선은 활력 징후를 반복해서 체크했지만 소용이 없다는 것을 깨닫고 이마를 짚으며

말을 이었다 실험체가 너무 아늑해진 나머지 더 이상 깨울 수 없는 지점까지 진정

돼버린 것 같습니다 송 역시 바닥에 스르륵 주저앉아 실험체가 가닿았을 심연을

들여다봤다 너무 아늑했나 너무 부드러웠나 너무 무거웠나 송과 선은 둘 말고는 아

무도 알아들을 수 없는 탄식을 허공에 둥둥 띄웠다 활력 체크 감별기가 더 이상 말을

듣지 않는 지경이라니 너무 부드러웠나 너무 아늑했나 송은 실험 결과를 기록한 차트

파일을 바닥에 탁 내리꽂으며 의자에 널브러졌다 선 이제 우리는 다 틀렸어 이 연

구소의 연봉이 얼마나 높은데 이런 보직을 내일 당장 내려놓아야 하다니 이제 어디

가서 연구원이라고 소개할 수도 없을 거야 우리가 할 수 있는 거라곤 매일 밤 심연

속에서 실수로 너무 깊이 잠든 실험체를 피해 도망 다니는 일뿐이겠지 선은 푸짐한

엉덩이를 좌우로 느리게 흔들며 걸어가는 고양이를 본다 송 역시 그 모습을 망연

자실 보다가 좋은 생각이라도 난 듯 좋은 품질의 가운을 천천히 아주 천천히 가운

의 모든 요소의 촉감을 모조리 암기하듯 신중히 벗어서 의자에 걸쳐놓는다 선은

송의 나체가 당혹스럽지만 이내 1인극을 초연하는 소극장의 주인처럼 송의 행적을

조용히 눈으로 따른다 송은 무거운 이불을 걷고 실험체를 바닥에 내려놓는다

여전히 박동하는 실험체의 심장에 묵념한 뒤 환상 솔레노이드 안으로 몸을 구부려

들어가 편안히 눕는다 선은 암막 커튼을 꼼꼼히 치고 무거운 이불을 실험실 바닥에

펼친 뒤 거기에 들어가 눕는다 너무 아늑하다 너무 부드럽다 또 너무 아득하고 너무

뭉근하고 천천히 아주 천천히 너무 아늑하다 너무 부드럽다 너무 아득하다 아주 천천히

　※ 가위로 실선을 따라 오린다. 우측 끝의 회색 블록 부분에 접착제를 발라 이어 붙인다. 모두 이어 붙인 뒤 자신 혹은 타인의 팔에 코일처럼 촘촘히 감았다가 푼다. 한쪽 끝에 구멍을 내어 실을 연결하면 천장이나 높은 곳에 매달 수 있다. 완성된 모빌을 눈과 눈 사이 직선 높이로 걸어두고, 무겁고 부드러운 이불을 덮고 누우면 실험을 시작할 수 있다.

앤트힐 아트*

쾅 (배우들 들어온다 늙은 여자와 늙은 남자) 톡 (늙은 남자는 늙은 여자를 발로 차며 말한다) **밥 내놔** (늙은 남자는 작고 냄새 나는 발을 올려 가부좌를 튼다 구둣발이 부딪히며 개미 사체가 허벅지에 묻는다 개미 머리통 열 개 개미 다리 열일곱 개 늙은 여자는) **톡 톡 톡** (개미를 하나씩 집어 입에 넣는다 터지는 개미 다리) **우물우물**

야 (늙은 남자 말한다) **가위 가져와** (늙은 여자 짠 것을) **여기** (먹은 표정을 지으며 가위를 손에 들고) **쿵 쿵 쿵** (늙은 여자는 눈을 반짝이며 걸어온다) **으아아아아아아악** (늙은 여자는 가위로 늙은 남자의 혀를 자른다)

(쓰러진 늙은 남자의 입으로 개미가 기어간다) **톡 톡 톡** (늙은 남자 피와 함께 개미를 씹는다 개미들이 남아 있는 다리로 기어오른다) <u>으으으으으으으</u> (늙은 남자 내가 다 잘못했어 말하지만 늙은 여자 개미의 맛이 좋다고 알아듣는다) **그럴 줄 알았어**

으으으 (늙은 남자의 소리는 동시다발적으로 반복해 들린다 늙은 여자 펜과 수첩을 준비해 늙은 남자 앞에 앉는다 늙은 남자의 동시다발적 소리와 표정을 응시한다 그러다 무언가 적는다 두 번 고개를 끄덕이고 늙은 남자의 눈을 바라본다) **그럴 줄 알았어** (그의 머리를 쓰다듬고 눈물이 흐르는 정확한 주기를 살피며) **예술이군**

* Anthill Art. 개미굴에 뜨거운 알루미늄을 들이붓고 주변에 흙을 모두 파낸 뒤 개미굴의 모습을 보여주는 유튜브 채널명.

토킹 큐어

사람은 자기 본인으로서 말할 때 가장 자신이 아니게 된다.
그에게 가면을 주어보라, 그러면 진실을 말할 것이다.
—오스카 와일드

식음을 전폐한 소녀가 방을 박제한다 벽을 기어오르는
고기 냄새를 응시하며 죽은 사람을 위해 나무로 관을 짜
는 일을 생각한다 먹기를 거부하는 것 사사 오오 그 정도
는 되어야지 육육 중첩되는 허상 엄마 나는 숟가락 위에
발가벗은 나를 방관했어 입맛을 다셨어 그게 나야 엄마
난 식탁 위를 점령할 거야 밥상머리니까 발길질을 할 거
야 나는 게릴라 걸스가 될 거야 자유를 뼈째로 씹을 수 있
게 해줘 한 입 베어 물면 흥건한 혈이 혀와 치아를, 목구멍
을 온통 적시는 언어를 갖게 될 거야

버추얼 서핑 트렌스젠더 뮤직 카바레 메들리 병원에 어
울리지 않는 아버지가 누워 있다 나는 검은 양복이 없는
데 검은 양복을 어디서 살 수 있을까 아버지는 병원에 어
울리지 않는다 입은 어떻게 오므려야 하고 눈은 정확히

어떤 각도로 내리깔아야 하며 눈물은 몇 초의 간격으로
떨어뜨려야 할지 나는 모르고 이머전시! 비트! 심박수는
종말이 아직 오지 않았다고 예고! 인간적 기계음 그 속도
에 맞춰 나는 춤을 추고 싶다 발목이 서서히 궤도를 이탈
하는 춤 어떤 궤도? 궤도랄 게 있었나? 아직 답하지 않는
나의 춤은 검은 양복이 없고 검은 양복을 어디서 살 수 있
을지 고인의 명복을 검색한다 오른쪽으로 한 번 그러니
왼쪽으로 한 번 다시 뒤로 회전 앞으로 다시 회전 제자리
제자리 제자리 그런데도 춤과 화해하고 싶어서 전자음에
맞춰 흐느적거린다 이런 것은 자연스럽습니다

　칙디야크* 일어나 우리가 어젯밤 고안한 덫에 희고 거
대한 사자가 잡혔어 사자는 이미 죽었어 그것이 살아 있
었더라도 구워 먹지는 않을 거야 수북하고 기세등등한 저
털에 피 한 방울 묻히지 않고 가죽을 벗기는 법을 나는 알
고 있어 피를 묻혀선 안 되지 그럼 우린 무당이 되고 말 거
야 바람이 가장 많이 부는 날 우린 사자 가죽을 쓸 거야 나
는 머리를, 너는 허리를 들쳐 메고 우린 한 마리의 사자가
될 거야 발을 굴러 공중으로 뛸 거야 공중은 달리기 좋은

들판이 되고 우리는 털을 이리저리 흔들면서 날아다닐 거
야 사자의 커다란 눈에 대해 소리치며 자랑할 거야 썩어
가고 있다고!

* 벨마 윌리스의 『두 늙은 여자 *Two Old Women*』(1993) 속 주인공. 겨울
기근이 닥친 한 부족은 두 명의 늙은 노인을 눈벌판에 두고 간다. 두 노인
은 서로에게 힘을 주며 떠나간 부족들보다 더 강인하게 살아간다.

매소루*

방에 살던 우리가 집을 보러 갔다

겨울에도 춥지 않은 남향집

아직 얼어 있는 줄만 알았던 낮이
이 집 테이블 위에서 녹고 있다

제 모습으로 녹는다
싱싱하지 않아도 괜찮아 보여

그대로 두어도 낮은 돌아오는 것이구나

도마 위에 낮을 갈라 크게 물었다
입술을 타고 흐르는 과육
내 것이 아닌 것이 흘러넘친다

낮은 다시 얼 준비를 하는 것 같고

그대로 있자

그러면 안 돼?

유리 천장 밑의 식물처럼
우리 여기서 오래 아름답자
시든다는 말도 시들지 않게

새로운 동네를 돌아다니며 우리는
무덤 자리를 표시한다

살고 싶어

자살장이 그려진 옥상을 바라본다

천당은 보기보다 가까이 있다
그렇게 씌어져 있다

* 『별건곤』1933년 7월호에서 황정수가 그린 표지 그림 「웃음을 파는 집
[賣笑樓]」. 매소루의 꼭대기에는 자살장을 그려놓았다.

오블로모프*

"들리나요 들리세요? 제 말이 들려요?" 나는 사실 환청
이 들립니다 환청은 언제나 자신의 안부가 궁금합니다

미래를 부풀리는 확성기처럼 환청은
계속 발음합니다

감옥도 열쇠만 있다면 집이 됩니다 200에 20 선생님
자본주의 떨이로 들여가세요 크고 확실한 불행
방법은 쉽게 찾을 수 있습니다

건강한 귀는 닫는 편이 좋습니다

주말에는 아무것도 하지 않았습니다 여러분이 보낸 안
부와 온종일 함께 누워 있었습니다 이렇게 대답하면 노상
방뇨를 하다가 들킨 기분입니다

더 열심히 사는 것에 대해 생각했습니다

한 줄의 문장도 쓰지 않고 수천 마디의 메아리를 탕진

하기로 합니다

　우랄산맥
　소팔메토
　다이닝 클럽

　새롭게 여러 번 발음하면
　오늘은 무서울 정도로 무사하고 저는 잠자리에 듭니다

　환청은 아무것의 이름과 교미하고 방목하고 통조림이
됩니다 부유하는 나의 언어 새까만 알을 까고 입을 벌립
니다 환청은
　썩은 어금니를 보여주고 있습니다

　『오블로모프』1·2 팝니다
　한 번도 본 적 없는 새 책입니다

* 러시아의 동명 소설 속 주인공. 순진하고 착하며 교양도 있는 사람이나
1년 내내 평상복을 입고 소파에 뒹굴고 있다. 그는 어떤 행동도 하지 않는다.

지상의 양식을 읽는 주말

10쪽 빈 페이지

코로나로 5일 중 2일의 격리 기간을 보내고 있는 나는 빠져나갈 수 없는 상황에 대한 시를 쓰려고 이틀째 머리를 싸매고 있다

20쪽 더욱 풍요롭게 해주었느니라.

약 먹는 시간 약기운에 스러지는 시간 코 푸는 시간 밥 먹는 시간 생계를 위해 전화하고 메일 쓰고 문자 보내고 전화 받고 메일 받고 문자 받고 각각의 것에 답하기 위해 머리 싸매고 화장실에서 씻고 싸고 말리고 바르는 시간 생계를 위해 마트에 가서 물건을 고르는 시간 배달 앱에서 배달료가 싸면서도 맛있는 것을 고르는 시간을 제외하고

30쪽 저녁의 그 밝은

모든 시간 시에 대해 생각했다

40쪽 사랑으로 장식되기를.

하지만 단 한 줄도 쓰지 못하는 상황을 빠져나가지 못
하며

*50쪽 물론 흔히 어떤 주의라든가 어떤 정연한 사상의
완전한*

바가지 한 컵 바가지 반 컵 텅 빈 바가지에 물이 담기지
않는데 집은 왜 여전히 물바다인지

60쪽 그것은 그저 빛의 강한 발산일 따름이었다

굵은 나무둥치와 분주한 신발들 사이로 간신히 도착한
빛이 있었다

70쪽 그러나 나는 비스크라에 있는 우아르디 정원들은

무덤을 위한 깊이와 반지하를 짓기 위한 깊이는 같다

모순처럼

이곳도 저곳도 아닌 곳에 내가 있었다

80쪽 들어오고 싶어 하는 것은

물처럼 자연스럽게 흘러들었다 접근 금지라는 표지가
있었다면 무엇이든 기꺼이 들어가길 포기했을까

90쪽 그녀에게 주어버렸는지도 모르겠다.

민주 님 여기서 민주 님만 서울 살아요
다 경기도인데

100쪽 시미안이여 이제 무화과를 노래하라

시리아 시민들은 폭격을 피해 지하로 숨어들 때도 서로

농담을 던지고 흘러간 노래를 읊조린다고

120쪽 열렬하게 사랑했다.

웃기지 않아요? 전시 상황에 방공호로 쓰려고 집마다
구덩이를 파놨는데 어느 순간 거기는 죄다 집이 됐어 가
장 안전한 방공호가 가장 불완전한 집이 된 거예요

130쪽 넘치도록 가득하리라!

지하에서 춤을 춘다
오 오 원 오
다운 업 다운 업
축축한 곳에서 자라는 고사리처럼

140쪽 산으로 가서 물 마셔.

너무 고생했어

150쪽 나는 곧 그곳들을 떠나는 것이었다.

어젯밤 집에 몰래 물이 들어왔지만

160쪽 우리는 낮을 믿는다.*

* 기울임꼴의 문장들은 앙드레 지드의 『지상의 양식』(김화영 옮김, 민음사, 2007)에서 가져왔다.

불우한 삶을 산 적 없는 시인

시인은 집에서 부고 기사의 글자 수를 세다 말고 접이식 침대에 누워 손발을 탈탈 턴다 손을 겨드랑이에 넣었다가 양말을 벗어 손과 발을 싹싹 비빈다 시인은 그의 동네와 어울리지 않는 프리미엄 아파트 13층과 12층 난간에 걸린 청년 역세권 주택 건축을 반대하는 현수막을 떠올린다 뭐 그런 거지* 부고 기사는 적정 분량에서 152자가 모자랐고 시인은 더는 쓸 말이 없어 고통받는다 그가 할 수 있는 것이라곤 이름을 떨친 누군가의 죽음에 수식을 다는 일 얼마나 유명했던 사람이 언제 어떻게 얼마나 멋지게 죽었는지에 대한 정보만으로 적정 글자 수를 채운 적은 단 한 번도 없다 시인은 미달한 글자 수만큼 죽음을 꾸미는 말을 찾아야 했고 매번 같은 수식을 쓸 수 없어서 문장에는 자연스럽게 죽은 수식이 많아졌다

시인의 시를 읽는 몇 안 되는 사람들은 그가 부고 기사를 써서 생계를 유지하는 줄 몰랐고 이전과 달리 생을 겉도는 그의 시를 멀리하게 됐다 시인은 부고 기사도 시도 못 쓰게 된 자신에게 치가 떨렸다 뭐 그런 거지 시인은 부고 소식을 쫓아다녔다 그는 간호사들에게 자신이 찾은 시

한 줄을 선물하며 그들을 매수했다 "병자는 세상을 상상하고 건강한 사람은 세상을 갖죠"** 간호사는 문장을 읽다가 얼굴에 뒤범벅으로 흐르는 것을 주사액이라고 황급히 둘러댔다 뭐 그런 거지

시인은 간호사들의 마음을 훔치기 위해 문장을 매일 몇 개씩 챙겼다 간호사들은 죽음을 널리 알려도 될 법한 유명인이 진료를 보러 오면 안내 데스크에 있는 컴퓨터로 익명의 메일을 보냈다 어디 병원, 누구, 죽기 세 시간 전!

시인은 때맞춰 병원에 찾아갔고 취재를 마친 후 잡담을 나누는 게 조금 즐거웠다 시인은 부고 기사를 읽는 사람들이 점점 준다며 죽는소리를 늘어놨고 간호사는 환자의 죽을 때를 정확히 예측하는 자신이 무섭다고 털어놨다 간호사는 물었다 이 구슬픈 문장을 합쳐서 시집을 내면 되지 부고 기사만 쓰러 다닙니까 시인은 시 열 편의 가격이 기사 한 편의 가격이라고 되받아쳤다 뭐 그런 거지 간호사는 갑자기 한쪽 눈썹을 뱀처럼 올리더니 다음부터는 문장 한 줄로는 안 되겠네 열 줄은 필요하겠어,라고 말했다

시인은 또 다른 불우를 챙겨 집으로 돌아왔다.

* 커트 보니것, 『제5도살장』(1969).
** 클라리시 리스펙토르, 『야생의 심장 가까이』(민승남 옮김, 을유문화
사, 2022, p. 181).

사이파이 비문에 넣을 간단한 메모

철학자 사이파이 사일런스는 『관내 여행자』라는 책을 통해 관 사용법을 두 가지로 안내합니다. 관을 사용하기 그리고 관을 낭비하기 두 가지 방법 중 첫번째는 익히 아시다시피 시체를 돌려보내는 용도입니다. 대체로 직사각형 형태의 나무는 땅속으로 들어가 다시 땅의 일부가 된다고 알려졌지요. 그것은 적절한 용도입니다. 그러나 한 목수가 직사각형이 아닌 정사각형으로 된 궤를 만들면서 관의 낭비가 시작됐습니다. 목수는 일이 아니라 재미를 보려는 마음이었겠지요. 어쩌면 좀더 다양한 사람들의 몸을 안치시키고 싶다는 누군가의 요구가 있었는지도 모릅니다. 과로사 이후 그대로 몸이 굳은 사람도 남들보다 반절의 몸으로 평생을 산 사람도 목수가 변주한 관을 통해 딱히 좁지 않고 너무 넓지 않은 딱 맞음 상태로 돌아갈 수 있었겠지요. 일종의 좌대가 떠오르는군요. 좌대가 없어도 문제없이 작품을 관람할 수 있듯 인간은 관이 없어도 자연으로 돌아갑니다. 목수는 아주 쉽게 상상할 수 있었겠지요. 좌대는 작품을 돋보이게 만들 수도 작품의 일부가 될 수도 오히려 더 도드라지는 작품이 될 수도 있다는 것을요. 어느 순간 목수는 촉촉이 젖은 카펫을 보고도 잘 구운 토기, 투명한 물방울, 모닥불, 반지 상자, 도서 반납기를 보고도 괜찮은 관을 떠올리는 경지에 다다랐을 겁니다. 목수가 마지막으로 제작한 관은 편백에 유리를 곁들인 궤로 아담한 사다리와 네 개의 다리를 부착한 지상용 관입니다. 시체가 경직되면 얼마간 쥐와 까마귀와 바람이 드나들 것이고 송장벌레들이 네 개의 다리를 갉아먹어 관의 위상이 위태로워지면 관은 풍자적인 소리를 내면서 지상으로 풀썩 주저앉게 되는, 그런 순서를 계산한 결과물이지요. 금이 간 유리창으로 얼마간 햇빛과 시선이 자유롭게 드나들 것입니다. 그곳을 드물게 지나다니는 사람들은 더는 사람의 형태를 인식하지 못하겠지만 송장벌레와 쥐의 발자국은 편백을 고아하게 더럽혔을 것입니다. 그 무늬가 무엇을 상기하는지 이곳에 묘사하지 못해 아쉬운 마음입니다만 지상용 관을 완성한 후 안타깝게도 목수는 이제 관을 만들지 않겠다는 소식을 전해왔습니다. 철학자 사이파이가 누워 있고 목수는 세 단계 풍화가 시작된 철학자를 들여다보며 이런 말을 비문에 남기길 바랐습니다. 언제부터인가 사람들은 그들이 살면서 풀지 못한 문제를 관이 해결해주리라 생각하며 자신을 찾아오기 시작했다고 말이지요. 사람들은 주문했습니다. 죽은 후에도 증손자들과 마음껏 뛰어놀 수 있도록 빳빳하고 부드러운 잔디가 사시 사철 푸르른 마당을 만들어주세요. 내 시체가 문드러지고 도 지구의 종말까지 목격할 수 있는 번듯하게 생존할 수 있는 플라스틱 성전을 만들어주세요. 나의 관이 나를 좀 더 좋은 곳으로 보내줄 수 있도록 우주선에 범접한 광속 발전체를 달아주세요. 내세가 있는지는 모르겠지만 나의 번영할 내세를 위해 오랫동안 신께 기도했던 나의 목소 리, 기도의 성실함, 기도의 밀도를 여러 데이터로 저장할 수 있는 1테라짜리 기록용 관을 만들어주세요 등등. 셀 수 도 없는 창의적 주문서들은 『관내 여행자』내 별첨 도서로 만들었으니 목수가 당부한 문장으로 이 비문을 서둘러 끝 내야겠군요. "이보쇼, 정말 모르는 거요? 알면서도 모르는 척하는 거요? 설마 관이 달걀

메모) 장묘 문화와 비석에 새로운 패러다임을 연출하는 스톤 매직입니다. 저희에게 보내준 귀하의 텍스트가 너무 길더군요. 납품 마감 날에도 귀하께 연락이 닿지 않아 비석에 넣을 수 있는

글자만 제작해 보냅니다. 귀하의 회신이 늦은 관계로 일반 비석의 교환·환불은 불가합니다.

비잉

에코네이션*은 수취인이 죽거나 발신인이 죽거나 주소가 죽거나 물건이 죽어서 발생하며 곰팡이의 좋은 숙주가 된다 곰팡이 분자들이 오랜만에 오붓한 시간을 보내기 위한 장소로 에코네이션만 한 곳도 없다

곰팡이 분자 '내(Nae)'와 분자 '네(Ne)'는 각자의 가계를 운용하느라 한동안 서로의 분자구조를 잊고 지냈다 내는 네를 위해 아늑하고 영양가 풍부한 에코네이션을 발견한다 선물한다

1
내: 네……
네: 내……
내: 우리의 새로운 에코네이션―물범 모양의 봉제 인형―으로 가자 한동안 머물 수 있겠어
네: 다 녹은 만년설처럼 생겼네 우리가 처음 만난 곳을 기억해?
내: 네가 말했지 케 세라 세라!
　네는 수만 번 번복된 생애 중 기억나지 않는 조각을

만나면 입에서 건전지 맛이 나는 것을 확인했다 북극에서
남극으로 양극에서 음극으로 향하다 급
　단절되는 맛 마침내 소진되는 맛이었다

2
네: 기억나, 아이 엠
내: (큭큭) 아이 엠
네: 아이 엠…… 낫……
내: 아이 엠 낫 머신**
네: 친구들과 마지막으로 들었던 인간의 소리
내: 마지막 인간의 구멍 사이로 새어 나왔던 말
내와 네: 아이 엠 낫 머신 아이 엠 휴먼 비잉

3
상자 제1호— 취급 주의
망치기 쉬운 물건이니 조심히 다뤄주세요

　내와 네의 접합 포자 e로 인해 곰팡이 분자 '나(Na)' 탄
생한다

물범 모양의 에코네이션에서 물범 모양의 나 탄생한다
플라스틱 섬유로 된 털을 닮았고 어디든 붙어서 무성생식
이 가능하다 나는 나만을 퍼뜨리고 더 작은 나 울퉁불퉁
한 나들이 개별 분자 내와 네의 최후의 접합 현장을 자신
의 생애로 착각하고 동시에 분자에 기록한다

* 배달 불능 우편물의 통칭.
** Have Heart, 「The Machinist」(2006).

리미널 스페이스*

1

시나몬을 부른다 여기 봐 시나몬 여기 이런 데가 있어
고원이 굽이치는 언덕 높은 벼랑에 여든한 개의 타일이
깔려 있어 스물여덟 개는 이가 나갔고 그 위에 반짝이는
변기가 서 있어 예수 재림 도를 믿으십니까 길거리에서
받은 팸플릿에서 본 적 있어 탁 트인 고원 뷰 어때 화장실
이라 부르지도 못하겠지 변기처럼 입을 벌린 우리 좀 봐
의연한 것은 변기뿐이잖아 시나몬이 반짝이는 변기 위에
서 바지를 내린다 풍경을 해치고 싶은 걸까 풍경이 되고
싶은 걸까 바지를 벗은 시나몬이 헤벌쭉 웃는다 누구라도
오면 어쩌려고 그래? 아무도 오지 않겠지 기분이 묘해 정
말 시나몬은 죽기 전에 꼭 가봐야 할 여행지에 변기를 추
가한다

2

잠들면 사막이 나타난다 몇 주째 같은 사막이다 나는
맨발로 뛰고 있다 발을 내딛으면 다른 발이 모래 속으로
소멸 발들은 동시에 존재할 수 없지만 서로의 신호에 의
존해 앞으로 나아간다 사막을 뛰던 나는 같은 장소에서

같은 거울을 만난다 저걸 밖으로 가져갈 수 있다면 나는
한 번도 빠짐없이 거울을 훔치고 싶었다 거울 속에 소멸
하지 않는 발이 있다 티끌 하나 묻지 않은 발 조금 취한 거
같아 빙그르르 돌고 뼈를 가지런히 모으고 사뿐히 걷는
발을 구경하다 나는 거울을 밟는다 조각난 내가 침대에서
눈을 뜬다

3

00000000000000000000000000000000000노블팰리
스자이프라이드시티인원더풀타운롯데캐슬써밋카운티
힐스테이트로얄에비뉴엘1001010001111000소파를만
드1100는중푹신함의정00011도세시간앉아있어도괜찮
은000111111정도벽1111111구획1111111111구획코너돌
아111000냉장고000111화병0101전면평면텔레비전실
사와같은현실과같은집1바닥000000000000000대리석
11111111111110마블링0가둬서키운어린소의살점처럼1움
직이지않아서0부드럽고0무늬00무늬00무늬00그러다깨
0011진0011조각1조각1금1균열1금1금1금1금1000000000
00000000000000000000000000000

4

이번 역에서 다음 역으로 가는 도중에 잠 들었어 팔에 쥐가 나서 눈을 떴어 미안해 시나몬 곧이야 다 와가 기다려 미안해 다 왔어 잠깐만 여기가 어디지 창문에 노을이 보이고 구름도 떠 있네 여기가 잠깐만 얼굴이 열린 야자수 바다 색깔은 왜 저래 사람은 한 명도 없는데 여보세 여보세 요??

* Liminal space. 의도를 지닌 공간에 그 의도가 제거됨으로써 괴리감, 소외감이 느껴지는 장소.

아타카

술이 떡이 됐던 게 틀림없다 눈을 뜨니 비가 내리고 바다 앞이고 DJ는 기계처럼 음악을 튼다 나무와 플라스틱 패널로 만든 작은 성전에 DJ는 군중의 열기에 물을 끼얹듯 악천후로부터 질 생각이 없어 보인다 베이스는 뇌를 발로 차는 것처럼 더욱 거세지고 그때마다 술에 취한 사람들은 손을 들고 흥분하여 춤을 춘다 나는 숙취로 무거워진 몸을 더 무겁게 만드는 흠뻑 젖은 옷을 대강 쥐어짠다 귀마개도 우산도 아닌 술이 필요하다 사람들은 검은 우비를 쓰고 몸을 흔든다 그들은 곧 비가 그칠 것이라는 학습된 희망을 앓는다 그 사이를 피해 나는 술을 파는 곳을 찾아 나선다 칸이블페스티벌 드링크 부스라고 쓰인 간이 구조물이 보인다 카니발을 잘못 쓴 거겠지 석 잔의 진을 스트레이트로 털어 넣자 곧바로 평화가 찾아온다 기계로 만든 박자와 리듬 속에서 외국 여자의 기계적인 목소리가 인간적인 비트에 적절히 침범하고 탈주하며 아름답고 균형적인 음악을 만들어낸다 퍼붓는 빗줄기는 이제 정강이를 넘어 허벅지까지 모래알을 튀기지만 나는 가까스로 음악에 집중한다 DJ는 이제 군중을 보지 않고 부스에서 술판을 벌인다 음악은 기계가 알아서 튼다 기계는 음

악을 만든다 끊이지 않는 리듬 속에서 번잡한 생각이 사
라지고 그 속에서 익숙한 박자를 찾아 몸을 흔든다 사람
들은 오로지 자신의 춤에만 관심 있고 나는 검은 우비 속
에서 완전히 발가벗은 미친 사람들을 조용히 응시하며 나
의 영역을 벗어나지 않는다 눈치껏 그들을 따라하지만 이
곳에서 밤을 새울 수 있을까 이제는 술 마실 돈도 없다 나
는 바닷가 근처에 칸이블페스티벌이 마련한 너절한 텐트
촌으로 기어간다 자야 한다 크롭 티를 입고 통부츠를 신
은 친구는 텐트 구석에 곯아떨어져 있다 우리는 잠깐 누
웠다가 다시 DJ 스테이지에서 춤추자고 약속한 뒤 시간
을 보낸다 세계를 집어삼킬 듯 교만한 808 베이스 소리
시소의 중앙에서 녹슨 쇠붙이가 내는 마찰음 부러진 발목
이 채 붙기도 전에 일터로 나선 사람이 밟는 미묘하게 어
긋나는 페달음 머리통이 날아갈 듯 수면 중에 울리는 짧
고 강한 폭발음 다시 808 베이스 마찰음 페달음 자야 한
다 아가리를 벌린 베이스의 심연에서 굵고 짧은 북소리가
반복적으로 태어난다 짓이기고 부딪히고 쑤시는 소리 속
에 웅크린 나는 고대 풍습처럼 죽은 사슴의 장기로 만든
끈으로 팔과 다리가 묶인 채 태아처럼 절실하게 마찰음을

듣는다 발목과 손목을 탈듯이 비비자 탈옥한 죄수의 수
갑처럼 잘 벼려진 쇳덩이는 동맥을 찌르고 피가 모든 피
부를 반복적으로 때린다 이 리듬에서 나는 빠져나갈 수
도 도망칠 수도 없다 자야 한다 죽은 듯이 죽을 것처럼 자
야 한다 숨이 들어가고 숨이 나온다 베이스의 진동이 묻
은 공기가 몸속으로 밀려오고 북 치는 피와 섞였다가 몸
밖으로 쏠려 나간다 밀려 들어오고 쏠려 나가고 다시 밀
려 들어오고 쏠려 나가고 일순 닥친 정적 뒤로 나는 눈을
뜬다 얼마나 반복된 걸까 폭우로 무너진 텐트로부터 나는
기어 나온다 술이 떡이 됐던 게 틀림없다 눈을 뜨니 비는
내리고 바다 앞이고 DJ는 기계처럼 음악을 틀고 있다

이곳을 갈아입어야 할 것 같아

나는 포마, 모사, 프릴라, 그록켄록*을 챙겨 간이 탈의
실에 들어간다

'포마를 입은 나: 공중그네
모사를 입은 나: 세번째 웨딩드레스
프릴라를 입은 나: 작열하는 숯을 올린 그릇
그록켄록을 입은 나: 술이 줄지 않는 병' (차례를 바꾸어
계속 반복)

포마의 지퍼를 내리고 안으로 들어간다
포마의 넓은 두 개의 구멍으로 팔을 빼고 지퍼를 닫는다
포마의 꼭대기로 얼굴을 빼내고 이리저리 둘러본다
포마의 지퍼를 다시 열고 포마로부터 발을 뺀다
포마를 옷걸이에 걸고 모사의 단추를 푼다
모사의 하의를 허리에 두르고 단추를 잠근다
머리를 쓸어 넘겨 모사의 헤드 피스를 단단히 이마에
채운다
모사의 표면에 묻은 두 가닥의 털을 떼고 거울에 뒤를
비춰본다

모사를 벗고 프릴라를 입는다 프릴라를 벗고 그록켄록
을 입는다

그록켄록의 비스듬한 허리통을 반으로 접어 얼굴을 내
놓고 숨을 몰아쉰다

내게 맞는 옷이 무언지 모르겠어

그록켄록 벗기
상표 벗기
근육 벗기
혈관 벗기
뼈 벗기
내장 벗기
표상 벗기

없는 나
없는 나의 세계 벗기

벗은 것들이 쌓이고

널브러진 포마, 모사, 프릴라, 그록켄록이 하나의 덩어
리가 되어 얽히고설키고

나는 덩어리 속을 뒤적이고 들춰본다

부드러운 천 조각

얇은 프릴

한 겹의 상표

여러 겹으로 꿰맨 표상

잠시 닿았던 피부

근육 힘줄 뼈

장기에 들어찬 공기

중력이 작용하는 월세 50의 방 5층짜리 빌라

포장도로가 혈관처럼 뻗은 마을

국경으로 벌어지지 않는 대륙

흐르는 연안

암흑 혹은 허공이 아닌 우주

벽에 박힌 옷걸이의 나사가 헐거워지는 것을 본다

한 바퀴 두 바퀴

잠깐
이게 다 내가 벗은 것이라니
다시 입어야 할 것이 무언지 모르겠어

'나는 허공을 손으로 잡고 한 손을 아래로 내린다
양발을 번갈아 무릎 높이까지 들었다가 내려놓는다
손을 몸통 가까이 붙였다가 대각선으로 뻗는다
거울 앞에서 몸을 이리저리 돌렸다가 거울 속 먼 곳을
본다
집게손가락을 하고 목덜미의 위에서 아래로 내린다
양팔을 어깻죽지 아래로 깊숙이 넣은 다음 천천히 머리
위로 올린다
잡아 올린 손을 펴면서 아래로 내린다'
(차례대로 반복)

벗고 입는다 벗고
입는다 벗고

간이 탈의실에 놓인 접이식 의자를 펴서 앉는다
숨을 몰아쉴 때

두 번의 노크 소리가 간이 탈의실을 텅 텅 울린다

나는 발끝으로 벗어놓은 무더기를 밀어두고
숨죽이며
문을 연다

문의 가장자리로부터 부드러운 재질의 통로가 자라난다
통로의 끝이 없고 많은 존재의 체취가 뒤엉킨
소굴로 걸어가야 할 것만 같다

쉴 새 없이 바스락거리는 소리

이곳을 갈아입어야 할 것 같아

* 스위스 아방가르드 예술가 하이디 부허가 1972년 캘리포니아 베니스
비치에서 촬영한 영상에 등장하는 조각 보디 쉘의 이름들.

속았다는 기분 든 적 없어? 좋은 밤 보내길

아름다운 입술 모양의 오래된 이 전자악기는 현지에서
잠깐 제작 유통되다가 세기말에 접어들며 컴퓨팅 시스템
의 전파로 더는 구할 수 없는 희귀 유물이 되었습니다 입
술 모양의 기계는 부드러운 표피로 덮여 있습니다 그것을
한 겹 두 겹 열면 손가락으로 연주할 수 있는 키패드가 나
옵니다 작고 볼록한 버튼들을 하나씩 누르면 녹음된 익명
의 유언이 한 구절씩 흘러나옵니다 누구의 죽음을 어떤
문장으로 어떻게 읽을지에 대해서는 그 당시 기계를 만들
던 제작자의 주관적 선택이 좌우했음에도 문장을 읊는 기
계는 으스스한 뉘앙스를 상당 기간 유지했고 그로 인해
많은 팬을 거느리게 되었습니다 기계는 단순히 몇 가지
문장을 반복적으로 말하는 것에서 나아가 두세 가지 버튼
을 함께 누르면 문장들을 뒤섞어 자기 마음대로 내놓곤
했습니다 오랜만에 만난 친구가 자신의 뒤를 밟던 어느
정신 나간 사람의 이야기를 하던 날, 친구가 상세히 설명
한 그날의 기후와 정신 나간 사람의 표정 때문인지 그날
저녁 입술 기계의 제멋대로 된 문장이 당신의 어깨를 서
늘하게 감쌌습니다 기계의 부드러운 외피가 먼발치에서
꾸물거리며 느리게 기어 오는 것처럼 느껴졌지요 "우리도

각자 유령 이야기를 하나씩 해봅시다" "난 결국 욕심 때문에 망할 거예요" "배터리 부족 어두워지고 있음"* "자, 여기 하늘이 있었다" "인간은 기계가 아니다, 근로기준법을 준수하라"*** 녹음된 문장이 새로운 이야기를 만들어대고 있었지요 누군가가 녹음한 음가가 재생되고 문장들의 마지막을 물음표로 끝맺느냐 마침표로 끝맺느냐(혹은 느낌표로)에 대한 것도 사용자가 직접 선택할 수 있습니다 묻는 것도 설명하는 것도 아닐 때 말이라는 것이 말 이상의 것을 말할 수 없다는 환멸이 뒤통수를 갈길 때의 구역감이는 대체로 문장 애호가들에게서 나타나는 일종의 유언독성 증후군이지요 이때를 대비한 긴급 버튼도 하나 있습니다 투명한 유리구슬을 반으로 쪼갠 버튼 안에는 문어가 유영하는 형상이 들어 있습니다 홀린 듯 그 버튼을 누르면 "속았다는 기분 든 적 없어? 좋은 밤 보내길"***이라는 문장이 샘플링돼 있습니다 차가운 해류에서 헤엄치던 문어가 양어깨 위에 슬며시 올라온 것 같은 문장이지요 파란 문어 구슬로부터 나온 녹음은 마지못해 눈물을 떨구게 하는 잔혹하게 매력적인 이야기 조합의 공통된 문장(紋章)과도 같았습니다 입술 기계의 추종자들은 버튼이 중첩해 만든 낯선 문장들로 으스스한 이야기를 만드는 데 제 기운을 모조리 갖다 바쳤습니다 그들은 악기도 다룰 줄 모르고 악보도 읽지 못하지만 문장의 미묘한 음가를 이어붙이는 데 선수였습니다 "b2, b3, b1, a1, b2, 문어 구슬 버튼" 그들이 스프링 노트에 써둔 한 편의 이야기는 이런 식입니다 입술 기계 애호가들은 신문의 작은 면을 공동 구매해 자신이 발견한 버튼 조합을 이러한 메모로 공유했습니다 매주 목요일 밤에는 입술 기계를 가진 애호가들의 집에서 제각각의 속도로 이야기가 연주되곤 했습니다 간혹 너무 장시간 사용한 입술 기계는 축축한 키패드가 바싹 마르고 부드러운 외피가 오작동을 일으켜 사용자의 손을 무는 사례가 있기도 했습니다 물론 정말로 문 것은 아닙니다만 이 지독한 애호가들은 손가락이 기계에 낀 것조차 입술 기계의 살인미수 행각으로 여기고 싶어 했다는 것이지요 그중에서도 기록된 악명 높은 피해 사례는 애인의 사탕 발린 요구를 들어주기 위해 기꺼이 자기 혀로 기계를 연주하던 어느 정신 나간 예술가의 사례일 것입니다……

* 화성 탐사 로봇 오퍼튜너티.
** 전태일.
*** 섹스 피스톨즈의 존 라이든.

입체 전시 '하이퍼큐비클'을 위한 서문

소유정
(문학평론가)

3D: 화이트큐브

마침내 여기서 만났군요. 참으로 흥미로운 전시가 아니었습니까? 하고 묻는다면 당신은 의아한 얼굴을 할지도 모를 테지만 나는 이것을 하나의 공간으로 사유하기를 제안한다. 이 시집은 일종의 화이트큐브다. 출입구를 제외하고는 사방이 막혀 있으며 정해진 규격의 프레임은 오직 시를 위해 놓여 있다. 시집을 읽는 행위가 수십 개의 흰 벽에 걸린 작품들을 감상하는 것이라면, 이는 달리 말해 하나의 전시 공간을 천천히 둘러보는 일과 같다. '하이퍼큐비클'에 공간적으로 접근하며 전시 혹은 관람과 같은 용어를 사용할 수 있는 까닭은 여러 편의 수록작에서 미술관이나 박물관, 영화관 등의 공간을 시의 배경으로 삼고 있기 때문일 것이다. 「『관내 여행자』」에서 그랬듯 시인은 인물에게 "관내 여행자"라는 수식어를 붙인 뒤 관에서 관으로 여행하게 한다. 이에 독자 역시 관내 여행자가 되어 시에서 시로 건너가는 여정을 따른다. 그런데 흥미로운 시작과 달리 관내 여행은 진행될수록 전시 관람과는 점점 멀어지고 있다는 석연찮은 인상을 남기다 종내 기이한 체험으로까지 이어진다.

가령 「Dummy No. 1─ 캔버스 위 15개의 구멍, 다회성 퍼포먼스 영상 「환촉」(60min), 40×164cm」의 작가는 "약 164cm의 대형 캔버스"를 자신의 "미술적 토대로 삼"아 "캔버스 위를 직접 기어다니며 입으로 물어 연조직을 해체하는 방식의 퍼포먼스를 선보"인다. 언뜻 예술적 행위로 문제가 없어 보이지만 인체를 뜻하는 작품 제목이나 "대형 캔버스는 단백질과 여러 유기체의 합성물로 만들어졌다"는 서술로 미루어볼 때 이 퍼포먼스의 대상은 다름 아닌 인간이다. 더 놀라운 건 작가의 정체다. "자신의 몸보다 약 3천 배 거대한 캔버스를" 다루는 이는 "렉투라리우스", 벌레이니 말이다.

신체적 조건을 비롯해 벌레와 인간의 모든 차이를 뛰어넘는 관계의 전복은 지금까지 관객의 태도로 관내 여행을 이어온 이들의 자리마저도 의심케 만든다. 그리고 이 불안은 전시 작품에 대한 것만이 아닌 여행 중인 공간에 대한 것으로 번진다. 아직 끝나지 않은 관내 여행은 「사이파이 사일런스관 애장품 가이드 투어」로 계속된다. 가이드 투어로 진행되는 관람은 마지막 장소인 관 – 욕조 체험방에서 "클라이맥스"를 맞이한다. "그 옛날 석공이 만든 욕조와 관"을 "직접 체험"하며 "황홀경을" 느낄 수 있다는 가이드의 말끝에는 그냥 지나칠 수 없는 문제점이 뒤따른다. 바로 체험 시 "약간의 오작동"으로 인해 "지구형 행성의 '고대 인류의 삶'을 살 수 있다는 것"다. 미래를 배경으로 하는 시에서 "고대 인류"에 해당하는 건 지금 여기의 우리라는 사실이 명징한 가운데 이곳에서의 삶에 대한 혼란이 섞여든다. 이 삶은 어쩌면 미래에서는 찰나에 가까운 "오작동"이 아닐까? 관 체험이 죽음 체험과 다르지 않다면 지금의 삶을 산다는 건 반대로 죽음과 같다는 게 아닌가.

관내 여행 중 겪은 기현상으로 인해 우리가 거쳐온 수많은 관은 본래의 의도와 목적을 상실한 리미널 스페이스(liminal space)가 된다. 작품(대상)과 관객(주체)의 전도로 인해 무엇을 위한 전시이며 어떤 의미를 담고자 하는지 원래의 의도를 알아차리기 어려운 상태가 되어버렸기 때문이다. 관객의 자격을 잃은 이에게 이곳은 더 이상 느긋한 시선으로 즐길 수 있는 공간이 아니다. "솔직히 말해봐요 사실 출구 없죠?"(「1460은 걷고 있다」) 그렇게 묻는다면 화이트큐브의 유일한 통로인 출입구는 애초에 관객을 위한 것이었다고, 핀 조명 아래 전시품에게는 영원히 열리지 않을 문이라고 답할 수밖에 없다.

사람들 코끼리와 광대가 서 있는 무대로 돈을 던진다
광대는 모르지만 코끼리는 안다 먹을 수 없다는 것이
분명하다 광대는 두리번거리고 떨어진 돈을 주머니에
주섬주섬 구겨 넣는다 광대의 주머니에는 작은 구멍이
나 있고 광대가 돌 때마다 주머니에서 돈이 후드득 떨
어진다

광대는 회전하며 떨어지는 돈을 본다

후드득
내가 자빠지는 것보다 재미있어?
광대는 떨어지는 돈을 흉내 내며
자빠진다
오줌이 찔끔

사람들 자지러지고 휘파람을 분다

——「비질」부분

「비질」은 큐브 안에 갇힌 운명을 확인한 이를 잠시 무
대로 데려간다. 신나는 공연이 준비되었을지 모른다는 기
대는 눈앞의 코끼리와 광대로 인해 사라지고 만다. 벌레
에 의해 해체되는 인간을 보여주는 것과 유사한 형태의
퍼포먼스가 무대에서 펼쳐지는 까닭이다. 서커스의 주인

공인 코끼리와 광대는 비인간 동물과 인간이라는 차이가 있으나 이는 크게 중요하지 않다. 둘 중 성공적인 기술을 보여주는 건 코끼리 쪽이 월등하고, 광대가 다른 인간처럼 관객의 자리에 서는 경우는 오직 "자빠진 자신을" 보는 순간이 유일하기에. 마침내 관객 입장과 함께 무대의 막이 오르고 그곳에는 완벽히 합을 맞추지 못한 코끼리와 광대가 서 있다. 이쯤에서 궁금해지는 건 공연의 성공 기준이다. 다시 무대의 막이 내려갈 때, 오늘 공연은 성공적이었다고 말할 수 있는 기준은 무엇으로 판단할 것인가? 훈련된 기술을 완벽하게 수행해내는 것? "미래의 광대를 연기"할 뿐 실패가 예견되어 있다면? 그런데 정말로 공연의 성공 여부란 준비한 기술을 잘 수행하는 것과는 무관하다는 사실이 "작은 구멍"으로 인해 분명해진다. 어떤 멋진 기술도 주머니에 난 "작은 구멍"을 통해 "떨어지는 돈"보다 열광적인 관객의 반응을 이끌어내지는 못했기 때문이다. 이에 광대는 "떨어지는 돈을 흉내 내며" 기꺼이 넘어진다. "다음 단계" 앞에서 번번이 고꾸라졌던 그의 실패는 아이러니하게도 "떨어지는 돈을 흉내 내"면서 성공으로 변모한다.

코끼리와 광대가 아닌 돈에 반응하는 관객을 조명하는 이 시는 그들 앞에 잘 꾸며진 무대와 그 위의 비인간 동물, 돈보다 못하게 여겨지는 인간이 무엇 때문에 그 자리에 있는가를 다시금 생각하게 만든다. 언제까지나 관객의 자리를 내줄 일 없는 자들의 자본주의적 욕망에 따라 탄생한 유흥에서도 그들은 결국 돈에만 환호를 보낸다. 처음부터 코끼리와 광대의 몸짓 따위에는 아무런 관심도 없었다는 듯이. 쇼의 막바지, 시의 말미에서 "사람들은 보지 못하고" 광대와 코끼리만 '보는' 것 역시 그러한 욕망일 테다. 욕망에 의해 끝없이 돌고 넘어지면서도 그 욕망을 위해 무대에 올라야 하는 현실 또한 그들이 목격한 무엇일 것이다. 그것을 같이 보고 경험한 코끼리와 광대는 구조화된 착취 시스템의 피해자인 동시에 서로의 유일한 목격자가 된다. 시의 제목인 '비질(vigil)'은 덧붙은 설명처럼 "도축장을 방문해 비인간 동물이 처한 진실을 목격하고 증인이 되는 일"을 뜻한다. 여전히 누군가는 코끼리와 광대가 다르다고 말할 수도 있겠지만 이 시에서 그들을 종의 차이로 구분하려는 시도는 무용하다. 인간과 비인간을 나누는 건 종(種)이 아닌 권력의 차이라는 불편한 진실을 이미 목도했기 때문이다.

진실의 목격은 출구 없음에 대한 또 한 번의 자각이다. 자신이 속한 세계가 문이 없는 화이트큐브라는 걸, 그것이 시적 현실이 아닌 우리의 현실과 일치한다는 걸 알게 된 이상 한 걸음 물러선 관람자의 태도를 고수할 수만은 없다. 복제된 현실이 눈앞에 있다는 인식은 작은 틈을 만든다. 벌어진 틈새를 비집고 나온 무언가가 시공간을 비틀고, 닮은 모습만큼 자리를 넓힌다.

4D: 하이퍼큐브

복제된 현실로 하여금 화이트큐브는 제 안에 그만큼의 공간을 내주는 것으로 새로운 하이퍼큐브의 발생을 가능케 한다. 모든 변의 길이가 같은 큐브가 보다 입체적으로 확장된 하이퍼큐브와 관련해서는 「하이퍼큐브에 관한 기록」을 참고할 필요가 있다.

x가 머리 위에 달린 축을 오른손으로 잡고 있다 높이를 미처 재지 못한 x의 발이 바닥에 거의 닿을락 말락 누군가 실컷 타다 뛰어내린 그네처럼 어안이 벙벙하다 x의 팔과 다리가 점점 빠르게 버둥거린다 x는 하나의 커다랗고 검은 점이 되는가 싶더니 그 어떤 축으로부터 멀어지지 않고 x값이 무한 증폭된다

y님 행복을 주는 치과 생일 축하드립니다 임플란트 10퍼센트 할인 1
어떻게, 잘 지내? 1
은평구립도서관『세계의 끝』연체 49일 빠른 반납 요망 1
소액 대출 최저 이율로 신용 등급 모두 가능 1

y는 몸을 정육면체 안으로 구겨 넣는다 점점 y값을 잴 수 없고 그럴수록 y는 생각한다

이 모든 되풀이는 나의 결괏값 "(경제적) 자유"를 위한 것

z의 미랫값: 직사각형 화장실 천장에 도시가스 공급관이 노출돼 있음 장판과 텐트 사이 혈액이 말라붙어 표백제와 기타 용액을 계산한 것보다 한 통 더 사용함 추가 비용 청구 예정

z의 현잿값: 중위소득 85퍼센트 이하 가정에서 자란 3학년 C반

*

발가락 하나로 자신의 목숨을 지탱한 x는 같은 위치 옥상에 사는 z를 찾아 창백한 타일로부터 그를 무한 증식시킨다 열화 과정에서 z는 기체로 변할 수 있게 되고 y가 연체한 『세상의 끝』을 대신 반납한 후 49일을 1초 만에 앞당겨 『세상의 끝 역자 후기』를 대출한다 y가 연탄과 소주를 담아 온 마트 봉지를 쓰레기통에 넣을 때 자연스럽게 제목을 볼 수 있도록 책을 비스듬히 세워놓는 것을 잊지 않는다

[……]

그렇다면 당신들의 능력은 어떤 문헌에서 찾은 건가
요?

어린이 일동, 문헌에서 찾지 않았습니다 우리의 차원
에서 일어나는 일입니다
— 「하이퍼큐브에 관한 기록」 부분

하이퍼큐브를 이루는 각 축의 이름과 위치가 같은 세
명의 등장인물 x, y, z가 있다. 이들의 상태는 '값'으로 나타
나며 값을 통해 그들의 현재와 미래에 대한 추정이 가능
하다. 그런데 세 사람의 값은 「비질」에서와 같이 단순히
개인적인 문제를 넘어 사회 계급 구조와 긴밀하게 연결되
어 있다. 가령 현재 y값을 측정할 수 없게 된 까닭은 간명
하다. 값이라고 부를 수 있는 상태가 존재하지 않기에 그
렇다. 읽지 않음을 나타내는 '1'이 사라지지 않는 메시지
나 대출한 도서가 "49일" 동안 "연체"되었다는 기록에서
y의 사망을 추정하기란 어렵지 않다. 그가 극단적인 선택
("연탄과 소주")을 할 수밖에 없던 이유는 단 하나, "(경제
적) 자유를" 위해서다. z의 경우는 어떤가. "z의 현잿값"은
"중위소득 85퍼센트 이하 가정에서 자란" 학생이다. 그러
나 지금의 계층에서 상승 이동 하지 않는 이상 그의 "미랫

값"은 "말라붙"은 "혈액"으로 y와 다를 바 없다. 자신의 축으로부터 멀어지는 y와 같은 운명을 가진 z를 살리기 위해 x는 하이퍼큐브라는 입체 공간의 특수성을 이용해 그들의 값을 변화시킨다. z를 "무한 증식"시키고 "y가 연체한 『세상의 끝』을 대신 반납한 후 49일을 1초 만에 앞당겨 『세상의 끝 역자 후기』를 대출"하면서 그가 다시 이 세상의 무언가를 궁금해하기를, 경험하지 못한 것들을 쥐어보기를 바란다. x라는 변수로 인해 결괏값이 달라진 셋을 모아두고 범우주아카이빙센터의 연구소장은 그들이 "어떻게 연결되었"는지, "능력은 어떤 문헌에서 찾은" 것인지 질문하지만 x, y, z의 답은 다음과 같다. "문헌에서 찾지 않았습니다 우리의 차원에서 일어나는 일입니다".

세 사람의 말에서 해석의 키워드로 작동하는 건 바로 "차원"이다. 이때의 차원은 하이퍼큐브라는 4차원의 특수한 공간을 뜻하기도 하지만, "(경제적) 자유"를 손쉽게 얻을 수 있을 만큼의 전복을 꿈꾸기 어려운 그들의 위치를 지표화하는 표현이기도 하다. 하이퍼큐브는 3차원의 큐브를 수직 확장 하는 방식으로 발생한다. 이는 x, y, z와 같은 이들이 '더 높게(excelsior)'를 외치며 계층 이동을 꿈꾸더라도 그것을 실제로 달성하기 어려운 현실의 구조적인 증명이 된다. 더 높은 곳에 도달했다는 생각이 들더라도 그것은 사실 지향점과의 거리가 전혀 좁혀지지 않는 전진이다. "우리는 호텔 엑셀시오르를 누려요"라고 노래

하며 이곳저곳 발자국을 남기지만 "아직도 비어 있는 공간"(「호텔 엑셀시오르」)이 존재하는 까닭을 그와 같은 맥락에서 이해할 수 있다. 그러나 테서랙트 안에 있는 사람은 대부분 자신이 갇혀 있는 줄 모르는 것이 당연하다는 듯 낙관적인 미래를 그리며 바쁜 제자리걸음을 한다. 혹은 y의 사례처럼 영영 움직임을 포기하고 마는 결말도 적지 않다.

「하이퍼큐브에 관한 기록」의 시작을 정글짐이라 말하며 시인은 "각각의 칸을 가진 정글짐이 아파트나 원룸촌, 고시촌의 구조와 닮아 있다"*고 밝힌 바 있다. x, y, z의 위치가 그들의 주거 공간이라면 y의 현재가 z의 미래이듯 유사한 구조에서 사는 이들의 생활은 대단한 차이를 갖지 않는다. 벽 하나를 두고 반복되는 이들의 삶은 그들이 같은 계층에 있음을 뜻한다. 동일 계층 사이에서 비슷한 주거 공간을 공유하는 현상은 다른 시에도 나타난다. 개미굴을 그린 「앤트힐 아트」나 "에메랄드빛 주택 수백, 수천 개가 동일한 모습으로 서 있는 마을"을 배경으로 하는 영화 「비바리움」을 보고 쓴 「9번 집에서 쓴 영화 「비바리움」에 대한 리뷰」도 마찬가지다. 수많은 집 가운데 9번 집에

---

* 김지혜 기자, 「2022 경향신문 신춘문예 당선자 3인 "문학은 가장 약하고 뒤처진 이들을 위한 것"」, 『경향신문』 2022년 1월 16일 자(https://www.khan.co.kr/article/202201161405001).

서 영영 벗어나지 못하는 이들의 이야기 그리고 그들과 같은 9번 집에서 리뷰를 쓰는 '나'를 통해 알 수 있는 건 어디에나 처참한 현실을 공유하는 사람들이 있다는 사실이다. 그런데 "그 속을 나가보려 여러 방편으로 발버둥 치지만, 나갈 구석이 없다는 걸 깨달은 둘은 그냥 산다"는 건 단순히 집에만 해당되는 이야기가 아니다. 벽 하나를 사이에 두고 체념한 표정으로 매일을 견디는 사람들의 얼굴은 집이라는 사적 공간에서만이 아니라 경제활동의 주거지인 공적 공간에서도 발견된다. 하이퍼큐브가 또 한 번 모습을 바꾸는 순간이다.

5D: 하이퍼큐비클

시집의 제목인 '하이퍼큐비클'은 이 시집에서 제시하는 가장 진화된 형태의 하이퍼모델이다. 칸막이의 지층을 가리키는 하이퍼큐비클이 등장할 수 있었던 건 트랜스패런트칼라(이하 TC)의 등장 때문이다. TC가 겪고 있는 트랜스 상태는 "시간과 공간을 초월해 일하며 일과 일 아닌 것을 구분하지 못하는" 것이므로 그들이 일하거나 휴식을 취하는 공간의 구분이 없음은 당연하다. 사적 공간과 공적 공간의 경계가 희미해져 공간의 의도와 목적이 사라진, 일종의 리미널 스페이스가 또다시 발생한 셈이다. 수직 확장되고 연쇄적인 구조의 하이퍼모델은 이제 끝없이 쌓여가는 칸막이 지층으로, 한층 복잡한 형태로 변모한다. "인간 과포화 시대에" "이곳에서 일하는 자는 시간과 공간에 구애받지 않으며 돌이킬 수 없는, 과로 상태"라고 명시하듯 하이퍼큐비클의 노동자는 공간과 분리되지 않는다. 즉, 칸막이 안의 인간은 자신에게 할당된 공간 그 자체로 기능한다. 따라서 하이퍼큐비클에서 인간은 지층을 이루는 퇴적물의 유해일 뿐 그 이상이 될 수 없다. 큐비클 지층이 "인간 과포화 시대"(「조난당한 큐비클과 트랜스패런트칼라」)의 노동자라는 사실은 현실의 모습과 그리 다르지 않아 보인다. 불이 꺼질 새 없는 고층 빌딩 안 사람들의 모습이야말로 트랜스 상태의 노동자이기 때문이다. 여기, 하이퍼큐비클 어딘가에서 들려오는 구조 요청 또한 그러한 자의 손끝에서 시작된 소리다.

1럭스 미만의 조도 아래서 흰 천을 머리끝까지 덮은 TC가 있습니다! 왜 불도 켜지 않고 청승을 떠는 걸까요! TC들은 혈중 산소가 적은 탓에 검푸른색을 띤다고 알려져 있는데요! 무차별 포획으로 개체 수가 급감하자 우주자연보전연맹은 TC를 멸종 위기종으로 지정했습니다! TC가 버튼들을 자꾸 만지네요! 일종의 환상통이죠! TC는 버튼, 터치스크린, 스위치, 레버 등을 찍고 누르고 내리고 갖다 대며 일상을 운용했던 걸로 유명한

데요! 큐비클 생태계가 5차원으로 넘어온 뒤부터 버튼 일체에 관한 환상통을 앓는 것입니다! 자, 보시죠! 손 가락을 가만두지 못하네요! 귀한 장면입니다!
　　　　　　　　　—「조난당한 큐비클과 트랜스패런트칼라」 부분

　TC의 기억 조각 모음과 같은 이 시는 주로 그가 조난을 당하기 이전의 기억으로 채워져 있다. '왜'냐고 이유를 묻는 다그침에 "절대로 칸막이 모듈 밖을 내다보지 않는다"고, "궁극적으로 무엇이든 완료할 때까지 반복한다"는 메모를 다짐처럼 새기던 날의 것이다. 밖을 내다볼 수 없는 칸막이 안에서 그는 모든 자유를 박탈당한 듯하다. 휴식 따위는 "지옥 자유 향상 작업"이라는 이름 아래 "가짜 벽난로 가짜 알프스 가짜 오두막" 등 오직 가상적인 이미지로만 소비할 수 있으니 말이다. 하릴없이 반복적인 노동을 수행하던 날들의 파편적인 기억이 이어지는 가운데 신경을 곤두서게 만드는 건 장면 사이에 삽입된 "딸칵" 하는 소리다. 한 번 또는 여러 번 연속되는 "딸칵" 소리는 관찰자에 의해 "버튼, 터치스크린, 스위치, 레버 등을 찍고 누르고 내리고 갖다 대며 일상을 운용했던" 지난 시간에 대한 "일종의 환상통"으로 설명된다. 그러나 TC에게 "딸칵" 하는 버튼 소리는 "환상통"이 아니라 칸막이 너머로 보내는 간절한 구조 요청 신호에 가깝다. 조난 상황에서도 충성스럽게 자신의 할 일을 끝내야 했던, 마침내 할 일 목록

("절대로 칸막이 모듈 밖을 내다보지 않는다" "궁극적으로 무엇이든 완료할 때까지 반복한다")에 기어이 완료 표시를 마친 그는 구조 요청 역시도 자신이 일했던 방식으로밖에 할 수 없다. 그것이 자신을 가장 잘 표현할 수 있는 방법이며 "찍고 누르고 내리고 갖다 대"는 일련의 동작 외에는 모든 걸 잃어버렸기 때문이다. 하이퍼큐비클의 조난자는 자신의 '여기 있음'을 노동의 소리로 증명할 뿐이다. 마지막까지 TC가 구조되었다는 소식은 들려오지 않는다. 그러나 그의 소리를 아무도 듣지 못한 건 아니다. 적어도 이 시를 읽은 우리는 그의 현실을 목격하고 도움이 필요하다는 사실을 알게 되었으므로. 언젠가 코끼리와 광대가 눈을 마주치던 순간처럼.

5차원의 조난 상황과 구조 요청 신호는 "우리의 차원에서 일어나는 일"을 돌아보게끔 한다. 그와 다르지 않은 소식들, 예를 들어 「아이디어 라이더」에서는 "모르는 사람의 문 앞에/찌그러진 종이 박스, 박스 테이프를 떼다 만 종이 박스, 보냉 박스와 함께 누워" 죽음을 맞이한 사람을 조명한다. "쿠폰을 *빵빵하게 주고* 없는 물건이 없는/*대단히 빠르고 편리한*" 서비스를 강조하지만 빠른 배송은 기업이 아닌 배송 기사의 책임으로 여겨진다. 실제 사건을 모티브로 하는 이 시는 이미 굳건하게 자리 잡은 착취적인 배송 시스템을 돌아보게 만든다. 당일 배송, 빠른 배송을 위해 보이지 않는 이들이 극심한 노동에 시달리고 있다는 걸 모르지 않지만, 편의에 잠식된 소비자들의 수요는 점점 커져만 간다. 이 때문에 돌이킬 수 없을 정도로 기형적인 착취 구조가 형성되고 마는 것이다. 이런 구조 안에서 노동자는 그저 "인간 한 마리"로 불리며 이질적인 취급을 받는다. 인간을 '벌레 한 명'이라 바꿔 불러도 무방할 정도로.

『하이퍼큐비클』 전반에 짙게 드리운 죽음의 기운은 이처럼 개선되지 않고 점점 더 곪아가는 자본주의 시스템과 그에 따라 양극단으로 나눠지는 계급 구조에서 기인한다. 미래를 배경 삼아 차원을 넓혀가는 방식으로 다채로운 이야기를 보여주고 있으나 시공간이 달라도 그것이 "우리의 차원에서" 벌어지는 일임을 부정할 수는 없다. 누군가의 죽음이 다시는 일어나지 말아야 할 끝이 아닌 시작이 되는 지금, 반복되는 희생은 밀려드는 또 다른 죽음에 의해, 기억조차 않는 무관심에 의해 금세 잊히고 만다. 시인은 듣는다. 희미하게 들려오는 소리——"딸칵"——는 현실에서 조난당한 이의 유언이다. 그 소리는 이 벽 너머에 살고 있는 이의 것일지도, 다르지 않은 차원에서 되풀이되는 비극의 신호탄일지도 모를 일이다. 백가경은 깊이를 잴 수 없는 겹겹의 지층을 낱낱이 살피며 시간과 공간, 차원을 넘나드는 고고학적 탐구로 인간을 발굴한다. 새삼스럽지만 낯설게, 인간이어야 하는 인간을 칸막이 밖으로 구출하는 백가경의 시는 닫힌 세계의 출구를 연다. 이곳에 오랫동

안 갇힌 상태인 우리에게도. 저 문밖으로 연결되는 세계
는 여전히 같은 얼굴일지 모르지만, 예측되지 않는 미랫값
을 얻을지도 모른다는 '하이퍼큐비클'의 이상한 낙관은 우
리가 연결되어 있다는 감각에서 비롯된 것일 테다.